INTERPRETATIONSHILFE DEUTSCH

Theodor Fontane

Effi Briest

Interpretiert von
Gabrielle Steinbach

STARK

Bildnachweis
Umschlagbild: Effi Briest (Janina Sachau) in der Theaterinszenierung des Fontane-Romans durch Amelie Niermeyer (Freiburg 2003). Foto: Christian Brachwitz
Seite 3, 6: Schiller-Nationalmuseum, Deutsches Literaturarchiv, Marbach
Seite 7: Theodor-Fontane-Archiv, Potsdam
Seite 23, 25, 32, 39, 46: Cinetext Bild & Textarchiv GmbH, Frankfurt
Seite 86: Foto: Maurice Korbel

ISBN: 3-89449-637-1

D-85318 Freising · Postfach 1852 · Tel. (0 81 61) 1790
v 05-09

Inhalt

Autorin: Gabrielle Steinbach

Vorwort

Liebe Schülerin, lieber Schüler,

Ihnen liegt mit Theodor Fontanes *Effi Briest* einer der bedeutendsten Romane des ausgehenden 19. Jahrhunderts aus der Zeit des sog. **„Poetischen Realismus"** vor. Im Folgenden soll versucht werden, neben allgemeinen Betrachtungen zur realistischen Darstellungsweise und ihren Grenzen wesentliche inhaltliche, strukturelle, sprachliche sowie erzähltechnische Schwerpunkte des Werks herauszustellen und exemplarisch zu erarbeiten.

Textüberschreitend werden Ihnen zunächst Informationen zu **Fontanes Leben und Werk** an die Hand gegeben. Eine nach Kapiteln gegliederte **Inhaltsangabe** fasst das Romangeschehen übersichtlich zusammen. Im Anschluss an die Charakterisierung zentraler **Romanfiguren** folgen Erläuterungen zum Konzept des **„Poetischen Realismus"** in der Fontaneschen Ausprägung. Danach werden die kompositorischen Aspekte des Werkes genauer beleuchtet **(Erzählhaltung, Sprache, Aufbau, Vorausdeutungen).** Darüber hinaus wird auf **zentrale Motive,** die **Raum- und Zeitgestaltung** sowie die **Intertextualität** einzugehen sein. Ausführungen zum **Gesellschaftsroman,** zu Fontanes **Frauenbild** und zum **historisch-sozialen Bezugsrahmen** sollen es Ihnen ermöglichen, sich auf der Folie des Vergangenen und der sich ergebenden Fragestellungen die aktuelle Bedeutung des Fontaneschen Werks vor Augen zu führen.

Abgerundet wird diese *Interpretationshilfe* durch die exemplarische **Interpretation zweier Schlüsselstellen,** Informationen zur **Rezeption des Romans** sowie **Literaturhinweise.**

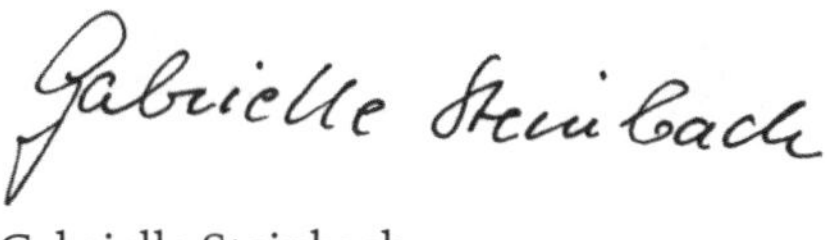

Gabrielle Steinbach

Einführung

Effi Briest ist das wohl bekannteste Werk Theodor Fontanes, das mit den anderen „Berliner Romanen“ *(Frau Jenny Treibel, Irrungen Wirrungen, L'Adultera)* seinen Ruhm nachhaltig begründete. Fontane kam als Spätberufener zur Epik; nach seinen Erfahrungen als Journalist, als Dichter von Lyrik und Balladen fand er erst in seinem Romanschaffen seine wahre Bestimmung als glänzender Erzähler und Zeitbeobachter. Er entdeckte seine Stoffe in den Zeitungen oder in den gesellschaftlichen Kreisen, die hinter vorgehaltener Hand Klatschgeschichten weitererzählten.

Wie aber ist Fontane mit der zeitgenössischen Wirklichkeit umgegangen, wie hat er seine „Quellen“ verändert? Fontane, der sich als Künstler dem **Realismus** verschrieben und selbst wichtige programmatische Standpunkte formuliert hatte, war der Auffassung, dass die in der Kunst dargestellte Welt eine Welt der **Läuterung** und **Verklärung** zu sein habe. Die Stoffe mussten also so verändert werden, dass sie die Niederungen des Daseins abschütteln und somit in reinerer Klarheit erstrahlen konnten. Mit dem gemeinen Alltag der Menschen im Zeitalter der Industrialisierung, mit Armut, Schmutz und Elend hatte diese Kunst nichts im Sinn (vgl. dagegen etwa Charles Dickens' *Hard Times* oder Emile Zolas *Germinal*). Warum ging Fontane nicht so weit wie diese leidenschaftlich politisch engagierten Schriftstellerkollegen, die das soziale Elend so drastisch beschrieben und die Not der Menschen so eindringlich schilderten? *Effi Briest* hätte sich hier wenigstens in Ansätzen angeboten.

Für Fontane zählte jedoch der gesellschaftliche Diskurs, die sublimierte Darstellung der Konflikte, die in ihrer Tragweite nur angedeutet werden und die es für den Leser zu erkennen gilt.

Fontane sah sich in seinen **Gesellschaftsromanen** als Künstler, der mit einer gewissen Altersweisheit aufzeigt, was im Argen liegt – nicht aber als Revolutionär, der mit seiner Dichtung die Welt (politisch oder auch künstlerisch) verändern kann.

Was hat es nun mit Fontanes *Effi* so Besonderes auf sich? Ein junges Mädchen wird von den Eltern, die es anscheinend gut mit ihm meinen, mit einem wesentlich älteren Mann verheiratet. Die Suche nach gesellschaftlicher Anerkennung, das Streben nach materieller Sicherheit, das Karrieredenken – all dies führt zu einer verblendeten, verzerrenden Sichtweise in Bezug auf scheinbar erstrebenswerte Lebensziele, gestern wie heute. Für die unerfahrene Effi, die Protagonistin in Fontanes Roman, endet dieses **veräußerlichte Ideal der individuellen Anpassung an die gesellschaftliche Normierung** tragisch: Sie wird zum Spielball all derer, die sie bewusst oder unbewusst erziehen oder mit ihr Eindruck machen wollen. Was Effi *selbst* möchte, was *sie* zu ihrem Glück braucht, existiert offenbar nur außerhalb des Horizonts und des Interesses derer, die sie umgeben.

Anhand dieses **Frauenschicksals aus dem 19. Jahrhundert,** in welchem gesellschaftliche Konventionen und Etikette das Individuum auf Konformität und Wohlverhalten zurechtstutzen, zeigt Fontane die zerstörerische Doppelmoral und die Verlogenheit jener Zeit auf. Zwar lässt Fontane Effi versöhnt mit sich und der Welt sterben, aber es bleibt ein bitterer Nachgeschmack, eine Ratlosigkeit, die der alte Briest treffend zusammenfasst: „Das ist ein *zu* weites Feld."

Beim Leser hinterlässt der Roman Gefühle der Trauer, Wut, Ratlosigkeit und Ohnmacht – fast zwangsläufig stellt sich die Schuldfrage. Und doch: Es ergeben sich Konsequenzen in Bezug auf richtiges, auf humanes Handeln. Allein diese Reflexion mochte Theodor Fontane genügt haben, Veränderungen im Denken herbeizuführen und verkrustete Gesellschaftsstrukturen transparent zu machen.

Zum Autor und seinem Werk

1 Theodor Fontane: Biografische Hintergründe

Henri Theodore Fontane wurde am 30. 12. 1819 als erstes Kind des Apothekers Louis Henri und seiner Frau Emilie, geb. Labry, in Neuruppin geboren. Das Elternhaus war hugenottisch-protestantisch geprägt. Wegen finanzieller Schwierigkeiten zog die Familie 1827 nach Swinemünde, wo Theodor die Stadtschule besuchte; er wurde aber bald von der Schule genommen und von Hauslehrern unterrichtet. Ab 1832 besuchte Fontane, wieder in Neuruppin, das Gymnasium. 1833 wechselte er auf die Gewerbeschule in Berlin, die er 1836 mit dem „Einjährigen"-Zeugnis (vergleichbar mit der Mittleren Reife) verließ.

Fontane begann eine Apothekerlehre in Berlin, die er ein Jahr später abschloss. In den folgenden Jahren arbeitete er als Apothekergehilfe in Magdeburg, Leipzig, Dresden und in der Apotheke seines Vaters in Letschin, einem Oderbruchdorf, welche dieser wegen finanzieller Probleme erworben hatte.

Neben seinem Brotberuf hatte der junge Fontane bereits 1840 zu publizieren begonnen: Seine erste Novelle *Geschwisterliebe* erschien im *Berliner Figaro,* nebenher veröffentlichte er Gedichte. Er bemühte sich um Kontakte zu literarischen Kreisen (u. a. wurde er Mitglied in dem berühmten literarischen Sonntagsverein *Tunnel über der Spree*) und beschäftigte sich mit journalistischen

Tätigkeiten (u.a. war er Korrespondent für die Leipziger Unterhaltungszeitschrift *Die Eisenbahn*) und Übersetzungen (*Hamlet* und englische Arbeitergedichte).

Im Jahr 1844 veränderte sich Fontanes Leben grundlegend: Er trat in das Gardegrenadierregiment *Kaiser Franz* ein, beendete aber nach einem Jahr seinen Militärdienst und zog nach Berlin, wo er sich mit seiner Jugendfreundin Emilie Rouanet-Kummer verlobte. 1847, nach erfolgreichem pharmazeutischen Staatsexamen, erhielt er die Approbation zum „Apotheker erster Klasse."

1848, im Schicksalsjahr der gescheiterten deutschen Revolution, beteiligte sich der junge Fontane an den Barrikadenkämpfen der Revolutionäre. Um Geld zu verdienen, arbeitete er im Krankenhaus Bethanien. Bald aber sagte er sich vom Apothekerberuf endgültig los und nahm materielle Not in Kauf, um freier Schriftsteller zu werden, was sich zunächst schwierig gestaltete.

Neben Veröffentlichungen in der Dresdner Zeitung erschienen erste Buchveröffentlichungen. 1850, nach der Trennung der Eltern, heirateten Emilie und Theodor. Er arbeitete in jener Zeit im „Literarischen Kabinett" der preußischen Regierung, das die Presse des Landes organisierte und kontrollierte. Dieses Kabinett wurde jedoch bald wieder aufgelöst; 1851 fand Fontane eine Anstellung bei der „Centralstelle für Preßangelegenheiten".

Im Auftrag seiner Arbeitgeber reiste er 1852 zum zweiten Mal nach London. Nach einem persönlichen Schicksalsschlag, dem Tod seines zweiten Sohnes kurz nach der Geburt, kehrte er in die Centralstelle zurück. 1855 sollte die Eheleute Fontane dieses Schicksal noch einmal ereilen: Auch der vierte Sohn verstarb als Säugling. Im Jahre 1855 begann Fontane seinen dritten Englandaufenthalt, der bis 1859 dauern sollte. 1860 erschienen die zwei Reisebücher *Jenseits des Tweed* und *Aus England.*

Anschließend befasste er sich literarisch mit seiner eigenen Heimat, es entstanden die mehrbändigen Reiseberichte *Wanderungen durch die Mark Brandenburg* (1862 bis 1882).

Wieder in Berlin, arbeitete er als Korrespondent und Redakteur für die Berliner *Kreuz-Zeitung,* u. a. als Kriegsberichterstatter bei den Kriegen von 1864, 1866 und 1870. Bis 1876 arbeitete er an Büchern über diese Kriege. Später wechselte er zur politisch liberalen *Vossischen Zeitung* und begann dort eine 20-jährige Tätigkeit als Theater- und Literaturkritiker. Damit setzte eine zumindest äußerlich ruhigere Zeit in Fontanes Leben ein; seit 1872 hatte er seinen unveränderten Wohnsitz in Berlin.

1876 wandte sich Fontane endgültig dem Beruf des freien Schriftstellers zu und begann nun erst – schon 57-jährig –, die Romane und Novellen zu schreiben, die ihn berühmt machen sollten: Zu den bekanntesten Werken zählen *Vor dem Sturm* (1878), *Grete Minde* (1880), *L'Adultera* (1882), *Schach von Wuthenow* (1883), *Irrungen Wirrungen* (1888), *Unwiederbringlich* (1892), *Frau Jenny Treibel* (1893) und *Die Poggenpuhls* (1896).

In den 1880er-Jahren unternahmen Emilie und Theodor zahlreiche Reisen nach Italien, Österreich und die Schweiz. Nach dem Tod von Sohn George infolge eines Blinddarmdurchbruchs 1887 stürzte sich Fontane noch mehr in die Arbeit, die schließlich ihren Tribut forderte: Während der Beschäftigung mit *Effi Briest* erkrankte der Schriftsteller so schwer, dass man um seine geistige Gesundheit fürchtete. Doch ein genialer Schachzug seines Arztes rettete ihn vor der geistigen Umnachtung: Er solle sich ablenken, indem er seine Kindheitserinnerungen zu Papier bringt. *Meine Kinderjahre* erschien 1893, Fontane gesundete.

1895 erschien die *Effi Briest* des Dr. Fontane, der diesen Titel honoris causa von der Philosophischen Fakultät der Berliner Universität verliehen bekommen hatte. Ein Jahr später begann der Künstler sein Alterswerk zu schreiben, den Roman *Der Stechlin,* der posthum 1898 erscheinen sollte.

Theodor Fontane starb am 20. 9. 1898 in seiner Berliner Wohnung in der Potsdamer Straße; er wurde auf dem Friedhof der reformierten Gemeinde in der Liesenstraße zu Berlin beigesetzt.

2 Entstehungsgeschichte des Romans „Effi Briest“

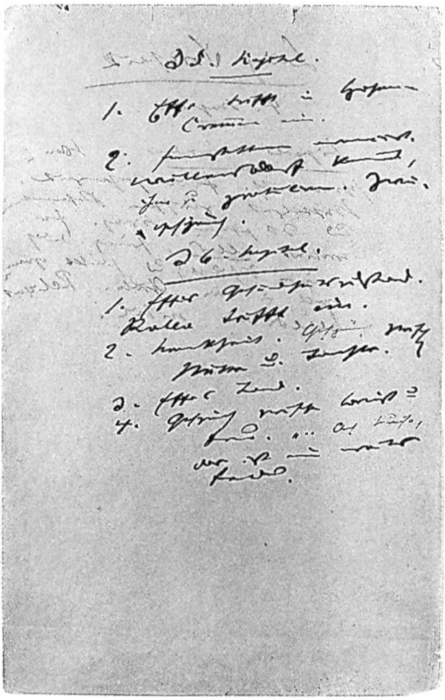

Seite aus einem Manuskriptentwurf Fontanes zu seinem Roman *Effi Briest*

Der Roman *Effi Briest* entstand zwischen 1889 und 1894. Theodor Fontane arbeitete insgesamt sechs verschiedene Fassungen des Werkes aus. Das „Urmanuskript“ bzw. Seiten aus dem Entwurfsschema, in dem Effi noch Betty von Treskow, Innstetten noch Hugo von Pervenitz hieß, liegen im Deutschen Literaturarchiv Marbach. Die Umrisse der Romanhandlung – wenn auch noch nicht detailliert ausgearbeitet – sind hier schon zu erkennen.

Fontane, von einer hartnäckigen Krankheit gezeichnet, vervollständigte sukzessive seine Manuskriptentwürfe (meist auf den Rückseiten des vorangegangenen Entwurfs) und kommentierte diese immer wieder in Briefwechseln mit namhaften Persönlichkeiten sowie mit seinem Verleger. Diesen Briefen ist zu entnehmen, dass das **Schicksal der Eheleute von Ardenne** Fontane schon vor Jahren angeregt hatte, den Stoff aufzugreifen. Die Ehebruchsgeschichte der beiden hatte für einen gesellschaftlichen Skandal gesorgt, der die Gemüter nicht zuletzt in Bezug auf die Duellproblematik erhitzte. Wie fast alle Fontane-Romane, geht also auch *Effi Briest* auf einen **tatsächlichen Vorfall** zurück:

Elisabeth Freiin von Plotho, verheiratet mit Armand Leon von Ardenne, einem Jugendfreund, den sie mit 17 Jahren ehelichte und der ihr ein glanzvolles Leben, aber keine leidenschaftliche Liebe bot, verfiel dem Charme des dem Hause bekannten Amtsrichters Emil Hartwich aus Düsseldorf, mit dem sie fliehen und ein neues Leben anfangen wollte. Ihr altes Leben war bestimmt durch ihre Funktion als Herrin von Schloss Benrath, wo sie mit dem klugen, charmant-witzigen Armand eine kulturell interessierte Gesellschaft um sich scharte und sich allseits großer Zuneigung und außerordentlichen Respekts erfreute. Ardenne forderte nach der Entdeckung der Liebesbeziehung seinen Kontrahenten Hartwich; dieser fiel am 27. 11. 1887 im Duell. Die Ehe der Ardennes wurde daraufhin geschieden, Elisabeth lebte bis zu ihrem fast 100. Geburtstag bis 1952 am Bodensee. Ardenne machte militärisch Karriere und verbrachte seine letzten Jahre als Militärschriftsteller.

Elisabeth von Ardenne

Neben Fontane verarbeitete übrigens ein weiterer zeitgenössischer Schriftsteller, Friedrich Spielhagen, dieselben Ereignisse zu einem Roman (*Zum Zeitvertreib,* 1896).

Gegenüber der tatsächlichen Begebenheit ist die Handlung von Fontanes Roman stark verändert (u. a. großer Altersunterschied Effi–Innstetten; früher Tod der Heldin).

Effi Briest wurde wohlwollend von den zeitgenössischen Kritikern aufgenommen und erfuhr rasch eine **weite Verbreitung.** Allerdings gab es auch Kritik, lebte doch die der Effi als Vorlage dienende Elisabeth von Ardenne damals in der Nähe von Berlin.

Manchen Ärger gab es wegen der **spöttischen Namensspiele** Fontanes, die die (lebenden zeitgenössischen) Betroffenen irritierten und Anlass zu einem recht heftig geführten öffentlichen Dialog wurden. So musste sich Fontane in einem ausführlichen Schriftwechsel rechtfertigen, u. a. gegenüber einem Herrn von Glasenapp, der nicht mit der im Roman erwähnten Sidonie von Grasenabb und ihrer Familie in Verbindung gebracht werden wollte. Glasenapp bezichtigte Fontane einer märkischen Überheblichkeit in Bezug auf den pommerschen Landadel – eine Behauptung, die Fontane in aller Demut zurückwies: Er klopfe sich selbst an die Brust, seinem Prinzip untreu geworden zu sein, nur ausgestorbene Geschlechter wie die Güldenklees zu erwähnen (vgl. Briefwechsel Herbst 1895 in: *Effi Briest,* Ullstein 1974, S. 329 f.). Das humorvolle Augenzwinkern Fontanes lässt sich aus diesen Äußerungen trefflich herauslesen.

Das Werk erregte trotz dieser kleinen Verstimmungen insgesamt große Aufmerksamkeit, wobei gerade das **gesellschaftskritische Element** durchaus Beachtung fand und der Figur der Effi im Gegensatz zu der Innstettens große Sympathie entgegenschlug. Gerade die Damenwelt bezichtigte Effis Ehemann der Schuld am Unglück aller Beteiligter. Innstetten hingegen sei, so der Autor Fontane, selbst ein „ausgezeichnetes Menschenexemplar“ und er wäre, vor allem von den Leserinnen, verkannt worden (Brief an Clara Kühnast vom 27. 10. 1895).

Fontanes Zuneigung zu seiner Titelheldin ist jedoch nicht zu übersehen; resümierend kommentierte er in einem Brief an Hans Hertz vom 2. 3. 1895 sein Werk mit den Worten:

Ja, die arme Effi! Vielleicht ist es mir so gelungen, weil ich das Ganze träumerisch und fast wie mit einem Psychographen geschrieben habe. Sonst kann ich mich immer der Arbeit, ihrer Mühe, Sorgen und Etappen erinnern – in diesem *Falle gar nicht. Es ist so wie von selbst gekommen, ohne rechte Überlegung und ohne alle Kritik.*

Inhaltsangabe

1 Inhaltsangabe im Überblick

Effi Briest, die 17-jährige Tochter aus gutem Hause, wird dem mehr als doppelt so alten Geert von Innstetten, seines Zeichens Landrat in Kessin, einem kleinen Ort in Hinterpommern, anvermählt. Geert, als junger Mann ein Verehrer von Effis Mutter, Luise von Briest, zeigt sich mehr als Erzieher seiner jungen Frau denn als liebevoller Ehemann. Außerdem ist ihm seine Karriere wichtiger als seine Gattin, die er oft alleine lässt. So öffnet er selbst dem Schicksal in der Person des Majors Crampas Tür und Tor.

Crampas, ein Frauenheld, macht sich Effis Unschuld und ihre aus der Einsamkeit erwachsenen Ängste zunutze, indem er sie verführt und so in tiefe seelische und moralische Verstrickungen stürzt. Die Kessiner Gesellschaft tut ein Übriges, um die junge Frau – mit ihrer erfrischenden Liebenswürdigkeit und ihrem Urvertrauen geradezu zur Opferfigur prädestiniert – zu erschüttern: Tratsch und Gehässigkeiten bringen Effi dazu, sich fortzuwünschen, weg von diesem einsamen Landstrich, heim nach Hohen-Cremmen, dem Landgut der Eltern, wo sie ihre Kindheit und Jugend glücklich und frei verbringen durfte.

Als Innstetten schließlich nach Berlin ins Ministerium berufen wird, bekommt Effi eine zweite Chance, ihr Leben wieder in den Griff zu bekommen. Sie bricht mit Kessin und ihrer Vergangenheit und lebt mit Mann und Kind in einer wenn auch nicht leidenschaftlichen, dafür aber soliden und konfliktfreien Beziehung in einem großbürgerlichen Rahmen, der ihr angenehm ist und mit dem sie sich identifizieren kann. Endlich scheint sie ihr Glück gefunden zu haben.

Gesundheitlich angeschlagen, wird Effi auf Anraten ihres Arztes nach Bad Ems zur Kur geschickt. Währenddessen findet Innstetten durch einen Zufall Briefe, die aus der Kessiner Zeit stammen und eine Affäre zwischen Effi und Crampas andeuten. Der prinzipientreue Innstetten handelt sofort, da seine Vorstellung von Ehre und Anstand eine Verjährung des Geschehens nicht zulässt. Er fordert Crampas in Kessin zum Duell und erschießt den ehemaligen Liebhaber seiner Frau.

Effi lebt von da an im gesellschaftlichen Aus. Innstetten wirft seine unglückliche Frau hinaus und untersagt ihr den Umgang mit der gemeinsamen Tochter Annie. Auch Hohen-Cremmen ist Effi versperrt; die Eltern möchten mit der Schande, welche die Tochter über die Familie gebracht hat, nicht leben und verteidigen ihr gesellschaftliches Ansehen.

So zieht Effi – nur begleitet von einer treuen Bediensteten aus Kessiner Zeiten – in eine kleine Wohnung in Berlin, wo sie zunehmend vereinsamt. Ein Treffen mit der von Innstetten abgerichteten und entfremdeten Tochter, die Effi ohne Herzenswärme stereotyp wie ein Papagei auf deren Fragen antwortet, zeigt den Höhepunkt der Leidensgeschichte Effis an: Sie bricht ohnmächtig zusammen.

Effi stirbt, nicht ohne ihren Frieden mit Innstetten und ihrer Familie gemacht zu haben, am Ort ihrer Kindheit. Die Marmortafel, die ihr zum Gedenken dort errichtet wird, trägt auf Effis Wunsch hin nur ihren Mädchennamen: Dem anderen, so sagt sie ihrer Mutter kurz vor ihrem Tod, habe sie keine Ehre gemacht.

2 Inhaltsangabe nach Kapiteln in Sinnzusammenhängen

Kapitel 1 und 2 (S. 7–20)

Effi von Briest, knapp 18 Jahre jung, wächst auf dem Gut ihrer Eltern zu Hohen-Cremmen auf, als sie eines Tages den 20 Jahre älteren Baron Geert von Innstetten kennen lernt, bei dem es sich um den ehemaligen Verehrer ihrer Mutter handelt. Effi, die in ihrer jugendlichen Unbekümmertheit auf dem Gut herumtollt und mit ihren Freundinnen spielt, wird von ihrer Mutter davon überzeugt, dass der Landrat von Kessin – diese Position nimmt Geert mittlerweile ein – eine gute Partie sein würde, die Effi schon in jungen Jahren dahin brächte, wo andere erst mit vierzig Jahren stünden. Effi nimmt daraufhin die kurze und formvollendete Werbung des attraktiven Adligen an und stimmt der Eheschließung zu.

Kapitel 3 und 4 (S. 20–39)

Effi verlobt sich mit Innstetten; danach fährt dieser zurück nach Kessin, nicht ohne sich zu verpflichten, seiner jungen Braut jeden Tag zu schreiben.

Zusammen mit ihrer Mutter begibt sich Effi nach Berlin, um die Aussteuer zusammenzustellen. Dort wird sie von ihrem Vetter Dagobert bei Laune gehalten, der den Damen die Sehenswürdigkeiten präsentiert und sie bei den Einkäufen begleitet. Immer sucht Effi das „Aparte“ aus, auf alles andere kann sie verzichten.

Während der Hochzeitsvorbereitungen auf Hohen-Cremmen malt sich Effi in ihrer Fantasie ihr künftiges Leben in Kessin aus, stellt aber auch fest, dass sie den Mann, den sie heiraten wird, gar nicht kennt und sich vor ihm fürchtet. Ihre Vorstellungen von Ehe und Liebe entsprechen ganz und gar nicht denen Innstettens, der als ein Mann mit Prinzipien geschildert wird. Effis Neigung zum Fantastischen ist mit diesen Prinzipien nicht zu vereinbaren.

Kapitel 5 (S. 40–48)

Effi und Innstetten haben geheiratet. Nach den Feierlichkeiten, die knapp geschildert werden, unterhalten sich Effis Eltern über das ungleiche Paar und dessen unterschiedliche Erwartungen an Ehe und gemeinsames Leben. Luise unterstellt der Tochter Vergnügungssucht und Ehrgeiz – zwei Anlagen, die Geert durchaus befriedigen kann, da er ein Karrieremacher ist. Effis Hang zum Spiel und Abenteuer jedoch wird nach Meinung der Eltern in der Beziehung nicht befriedigt werden.

Es folgen Schilderungen Effis über die einzelnen Stationen der Hochzeitsreise quer durch Italien, von denen aus Effi ihren Eltern Karten schickt.

Kapitel 6 und 7 (S. 48–67)

Am 14. November treffen Innstetten und Effi in Kessin ein, wo sie am Bahnhof von Kruse, dem Verwalter, abgeholt und mit der Kutsche zum Haus gebracht werden. Auf der Fahrt erzählt Innstetten Effi zum ersten Mal von dem Chinesen, einem Seefahrer, der mit der Enkelin seines Kapitäns an deren Hochzeitsabend verschwand und später tot aufgefunden wurde. Das Grab des Chinesen befindet sich in den Dünen; die Geschichte verursacht bei Effi ein Gruseln.

Am Haus angekommen, lernt die junge Landrätin ihre Angestellten sowie den treuen Hund Rollo kennen. Auch fallen zum ersten Mal die Namen der Kessiner Bürger, mit denen das Ehepaar in Zukunft zu verkehren gedenkt. So weiß Alonzo Gieshübler, der ortsansässige Apotheker, die Ankunft Effis mit einem Blumentisch angemessen zu würdigen.

Am folgenden Morgen ist Innstetten schon in aller Frühe aus dem Haus gegangen und hat seine junge Frau allein gelassen. Dies gibt ihr die Gelegenheit, mit der Dienstbotin Johanna über die Besonderheiten des Hauses zu sprechen, etwa über den Saal über den Wohnräumen, in welchem – vom Wind bewegt – die

Vorhänge über den Boden schleifen. Effis Fantasie wird angeregt und sie ängstigt sich, da sie die in der Nacht gehörten Geräusche mit der Geschichte vom Chinesen in Verbindung bringt, was sie Innstetten nach seiner Rückkehr berichtet. Dieser jedoch geht nicht auf die Ängste seiner Frau ein, sondern beschwichtigt sie und bereitet sie auf den ersten Besuch des Apothekers vor.

Kapitel 8 (S. 67–74)

Effi, wiederum allein, erkundet das Haus und entdeckt ein kleines Bildnis des Chinesen. Es erschreckt sie über alle Maßen, da so der Spuk direkt Einzug in ihr Heim gehalten hat.

Gieshübler erscheint und macht seine Aufwartung. Er berichtet über seine Eltern und breitet vor der jungen Frau seine Lebensgeschichte aus. Die beiden sind sich sofort sympathisch; Gieshübler wird zu Effis treuestem Freund und Verehrer in Kessin.

Kapitel 9 bis 12 (S. 74–117)

Im Folgenden machen Effi und Innstetten ihre gesellschaftlichen Antrittsbesuche, wobei die Kessiner Gesellschaft die junge Landrätin unterschiedlich beurteilt. Effi kann sich nicht recht einleben; die junge Frau spürt die Vorbehalte der Einheimischen.

Als Innstetten von Bismarck eingeladen wird, bleibt Effi allein zurück und ängstigt sich fast zu Tode. Ihr kommen Zweifel, ob ihre Mutter nicht besser an ihre Stelle gepasst hätte. In dieser Nacht erwacht Effi aus unruhigen Träumen und sie lässt das Dienstmädchen Johanna bei sich wachen.

Als der Baron am nächsten Morgen nach Hause kommt, berichtet Effi über die unheimlichen, schauerlichen Vorkommnisse und bittet ihren Mann, die Wohnung zu wechseln. Doch Innstetten überzeugt sie davon, dass ein hauseigener Spuk etwas ganz Besonderes sei.

Während dieser Diskussion trifft eine Einladung zu einem Musikabend bei Gieshübler ein, der sich mit Marietta Tripelli, einer Sängerin, die Ehre gibt. Effi ist darüber so erfreut, dass sie die Spukgeschichte zu vergessen scheint. Innstetten verspricht, mit Effi den Tag zu verbringen, und die beiden lassen anspannen. Während der Schlittenfahrt erzählt der Landrat seiner jungen Frau die Geschichte vom Chinesen in allen Details. Effi ist von der schaurig-schönen Geschichte angetan und findet sie apart. Der Spuk erscheint ihr beinahe als eine Erlösung aus der Monotonie ihres langweiligen Alltags.

Am Abend gesellen sich Innstetten und seine Gattin zu Gieshübler und seinen Gästen, wobei die Tripelli auf Effi Eindruck macht. Ihre Lebensart und ihre Weltsicht faszinieren sie.

Am Heiligabend erfreut Innstetten seine Frau mit zahlreichen lieben Gaben, die der mittlerweile schwangeren Effi gut tun und die zusammen mit Gaben von Gieshübler und von ihren Eltern ihre Stimmung bessern.

In einem langen Brief schildert Effi ihrer Mutter alle bisherigen Erlebnisse und Eindrücke in der neuen Heimat. Darin rügt sie ihren Mann, nicht gütig und nachsichtig genug gegen sie zu sein, und beschreibt Gieshübler als den einzigen netten Menschen.

Kapitel 13 und 14 (S. 117–136)

Effi lernt Major Crampas kennen, den neuen Landwehrbezirkskommandeur, der mit Frau und Kindern nach Kessin gezogen ist. Sie beschreibt ihn in einem Brief an die Mutter als Trost- und Rettungsbringer, der im tristen Kessin für Abwechslung sorgen solle.

Crampas, ein Damenmann, hatte sich früher schon in einem Duell um eine Frau geschlagen und sich eine dauerhafte Behinderung am linken Arm zugezogen. Die Ehe des Majors stehe laut Effi nicht zum Besten, da die Majorin eifersüchtig sei und zurückgezogen lebe. Deswegen befürchtet Effi, dass man mit dem Ehepaar Crampas nicht sehr vertraut werden würde.

Gesellschaft findet Effi unerwartet auf dem Friedhof in der Person der Roswitha Gellenhagen, die bei der Registratorenwitwe

Rode gedient und nach deren Tod von den Verwandten aus dem Haus entfernt worden war. Effi sucht sich Roswitha als künftige Kinderfrau aus, nicht zuletzt deshalb, weil diese als Katholikin dem Spuk einen Riegel vorschieben könnte und als einzige Angestellte von ihr allein ausgewählt worden ist.

Die kleine Annie, deren Name Roswitha zu verdanken ist, wird am Tag von Königgrätz, einem preußischen Siegestag zur Feier der gewonnenen Schlacht 1866, geboren. Nach der Taufe, während der Crampas Effi den Hof macht, hat die junge Mutter die Gelegenheit, für einige Wochen mit Roswitha und dem Baby zu ihren Eltern nach Hohen-Cremmen zu reisen.

Kapitel 15 (S. 136–146)

Effi klagt Innstetten an, dass er sich nicht die Zeit genommen habe, sich während ihres Aufenthaltes in Hohen-Cremmen wenigstens einmal zu zeigen und die Sehnsucht nach seiner Frau und seinem Kind auszudrücken. Innstetten beschwichtigt Effi, indem er ausweicht und ihr mit Komplimenten den Wind aus den Segeln nimmt. Effi lässt sich besänftigen und trifft in der Begleitung ihres Mannes mit Crampas zusammen, der in den letzten Septembertagen in der neun Grad kalten Ostsee gebadet hatte.

In einem Dreiecksgespräch zwischen den Eheleuten Briest und Crampas zeigt sich dieser als Charmeur und waghalsiger Hasardeur. Effi ist beeindruckt, wahrt aber Distanz; sie erfährt allerdings, dass der Major sich als Regisseur betätigen will und die Aufführung verschiedener Stücke plant, die seiner Meinung nach ganz Kessin auf den Kopf stellen sollen.

Kapitel 16 (S. 146–154)

Effi beginnt, zunächst mit ihrem Mann und Crampas auszureiten. Als dann aber Innstetten aufgrund seiner Landratstätigkeit keine Zeit mehr für diese gemeinsamen Unternehmungen findet, reiten nur noch Effi und Crampas zusammen über die Dünen. Bei diesen Ausritten kommen sich die beiden näher und sie unterhalten sich ausgiebig über Innstetten, den Crampas seit vielen Jahren kennt und mit dem er einen Teil seiner Militärzeit verbracht hat. Er schildert Effis Mann als einen Erzieher und klärt Effi auf, was Geert von Innstetten mit dem Chinesenspuk beabsichtigt. Crampas macht Effi klar, welche Machtspiele ihre Ehe bestimmen, und öffnet ihr die Augen über die Absichten ihres Mannes.

Kapitel 17 (S. 154–164)

Die Ausritte finden weiter täglich statt; die Beziehung zwischen Effi und Crampas wird zunehmend vertrauter. Stundenlang erzählt er ihr Geschichten und zitiert seinen Lieblingspoeten Heine. Effi lauscht fasziniert, was der Major über die versunkene Stadt Vineta, über den Hof Don Pedros und den schönen Calatravaritter, der die Königin liebte und deshalb sterben musste, zu erzählen weiß. Indirekt wird hier ihre Beziehung gespiegelt.

Crampas weiß sich die romantischen Stunden am Strand zu Nutze zu machen, indem er unentbehrlich wird und der jungen Frau die Abwechslungen, die sie in ihrer Ehe entbehrt, bietet. Als Crampas bei einem Picknick ein Glas zurückbehält, werden Anspielungen auf den *König von Thule,* Goethes ergreifendes Liebesgedicht, gemacht. Effi reagiert verlegen und verwirrt.

Kapitel 18 und 19 (S. 164–187)

Effi tritt in dem Theaterstück *Ein Schritt vom Wege* auf und sie bewährt sich als Schauspielerin. Die Aufmerksamkeit und die Bewunderung vor allem Innstettens sind ihr sicher.

Mittlerweile verdichten sich in der Vorweihnachtszeit die Besuche innerhalb der Kessiner Gesellschaft. Immer wieder fallen Bemerkungen zur Person des Crampas und der Reaktionen Effis auf, die in den Wirren ihrer Gefühle gefangen ist.

Die Besuche und die gemeinsamen Unternehmungen mit Crampas, Gieshübler, Sidonie von Grasenabb und anderen Kessinern ziehen sich hin bis in das neue Jahr, wobei der Besuch bei Oberförster Ring einen Höhepunkt darstellt. Auf dem Nachhauseweg, den Effi zunächst wegen einer Panne nicht mit ihrem Mann, sondern mit Sidonie und dann mit Crampas fortsetzt, eskaliert die Beziehung zwischen beiden: Crampas küsst Effi die Hand und zeigt ihr unverhohlen seine tieferen, leidenschaftlichen Gefühle.

Kapitel 20 (S. 187–199)

Am Morgen nach der Fahrt unterhalten sich Innstetten und Effi über Crampas und seine Art, mit dem Leben und vor allem mit den Frauen umzugehen. Innstetten ahnt die Verwirrung seiner Frau; er macht ihr klar, dass Crampas nicht nur die freundschaftliche Bindung zu den Damen, denen er den Hof macht, beabsichtigt.

Effi befindet sich von nun an in einer emotionalen Zwickmühle. Sie flieht in die Krankheit, die auf Anraten ihres Arztes Dr. Hannemann mit langen Spaziergängen gemildert werden kann. Auf diesen Spaziergängen treffen sich die Liebenden: Effi hat geschickt und vorausschauend ihren Ruf gerettet, indem sie Roswitha als Anstandsdame einspannt und diese trotz aller guten Absichtserklärungen immer wieder verpasst.

In der Kessiner Gesellschaft wird die Hoffnung auf die Stationierung der Husaren, die Effi sich so sehr gewünscht hätte, zunichte gemacht. Crampas' Besuch in Stettin kann diese Entscheidung nicht revidieren. Innstetten bricht zu einer Reise nach Berlin auf, über deren Zweck er sich nicht weiter auslässt.

Kapitel 21 (S. 199–212)

Innstetten kehrt aus Berlin zurück und eröffnet Effi seine Beförderung ins Ministerium. Sie reagiert begeistert auf diese Neuigkeiten. Damit hat Innstetten nicht gerechnet. Er erlebt seine Frau verändert, sie ist innerhalb kürzester Zeit vom Kind zur Frau gereift und er ist erstaunt darüber, dass sie Kessin als Ort der Angst erlebt hat. Effi hält ihrem Mann vor, ein Erzieher zu sein, und sie zeigt ihm somit, seine Absicht erkannt zu haben, den Spuk als Erziehungsmittel zu nutzen.

Auf der Dienstbotenebene hat Effi mit Roswitha ein ernstes Wort in Bezug auf deren Verhältnis zu Kruse gesprochen. In diesem Gespräch erfährt Effi auch, dass Roswitha von ihrem Vater misshandelt worden war, weil sie ein uneheliches Kind erwartete. Dieses wurde ihr genommen und es starb. Roswitha hofft, dass der Himmel Effi vor einem solchen Schicksal behüten möge. Darauf kontert diese, dass sie eine verheiratete Frau sei; diese Sicherheit wird sich in den folgenden Kapiteln als trügerisch herausstellen, denn die Vergangenheit holt Effi in Berlin ein.

Kapitel 22 (S. 212–221)

Effi trifft Vorbereitungen für ihre Abreise nach Berlin. Sie möchte sich dort mit der Mutter treffen und eine Wohnung aussuchen. Geert verspricht sie, nach Kessin zurückzukehren, um dann den endgültigen Umzug mit ihm gemeinsam in Angriff zu nehmen. Doch in ihrem Innern hat Effi bereits mit Kessin gebrochen und Abschied genommen, weil sie gar nicht mehr wiederkommen möchte. Deshalb verabschiedet sie sich persönlich von Gieshübler und schreibt Crampas einen letzten Brief, in dem sie ihn um Verständnis für ihr Tun bittet. Am Tag der Abreise steht Crampas am Schiff; beide sehen sich ein letztes Mal.

Nach fast eineinhalb Jahren in Kessin beginnt für Effi ein neues Leben in Berlin.

Kapitel 23 (S. 221–234)

In Berlin angekommen, begibt sich Effi auf die Wohnungssuche. Nebenher unternimmt sie mit ihrer Mutter, die wegen eines

Augenleidens in der Stadt weilt, und dem Vetter Dagobert allerlei unterhaltsame Dinge. Als eine passende Behausung gefunden ist, setzt Effi alles daran, nicht nach Kessin zurückkehren zu müssen. Sie flüchtet sich in eine eingebildete Krankheit, die vom alten Arzt Rummschüttel sehr wohl durchschaut wird. Der Geheimrat aber unterstützt Effi, indem er ihr allerlei Medikamente verordnet, die einen Placebo-Effekt haben.

Effi verkehrt mit ihrem Mann auf dem Telegraphen- und Postwege; sie setzt ihn über ihre Unpässlichkeit in Kenntnis und hofft auf sein Verständnis. So überbrückt sie die Zeit bis zu Innstettens Ankunft in Berlin.

Kapitel 24 (S. 234–254)

Innstetten trifft in Berlin ein und erzählt seiner Frau von den letzten Tagen in Kessin. Johanna hat sich als Einzige bereit erklärt, dem Ehepaar nach Berlin zu folgen. Über ihre Krankheit spricht Effi wenig, sie übergeht das Thema und überrascht ihren Mann mit der neuen Wohnung.

Im Laufe der nächsten Wochen leben sich alle gut in der Stadt ein, man macht Besuche und etabliert sich in der Gesellschaft. Kessin, der Spuk und die Menschen rücken für Effi in den Hintergrund. Nur das kleine Chinesenbildchen ist mitgereist und von Johanna an einem Stuhl festgeklebt worden. Effi schützt sich dagegen mit einem Heiligenbild von Roswitha.

Mitte August begibt sich das Ehepaar Innstetten auf eine Reise nach Rügen, wo sich Effi unbehaglich fühlt, weil sie dort einen Ort mit dem Namen Crampas vorfindet. Sie bewegt Innstetten, einen anderen Platz für die Übernachtungen zu wählen.

Nach einigen Wochen in Dänemark und Jütland kehren beide, bevor sie wieder nach Berlin fahren, in Hohen-Cremmen ein, um etwas Ruhe zu finden. Die Eltern Effis unterhalten sich über die Tochter und über den Eindruck, den sie von dieser gewonnen haben. Dadurch wird deutlich, dass Effi ihre Vergangenheit in Kessin überwunden zu haben scheint. Effi bleibt nach Innstettens Abreise noch einige Tage bei den Ihren. Eines Abends denkt sie voller Schuld und Scham an ihren Ehebruch und an die Unmöglichkeit, das Vergangene ungeschehen zu machen. Effi weint bitterlich.

Kapitel 25 (S. 254–259)

Effi etabliert sich in der Berliner Gesellschaft, sie empfängt Besuche aus der Heimat und sie erlebt ihr neues Leben als ausgesprochen angenehm. Trotzdem ist ihre Gesundheit angegriffen; auf Anraten des Geheimrats Rummschüttel soll sich Effi nach Schwalbach und Bad Ems begeben, um dort in Gesellschaft der Geheimrätin Zwicker zu kuren.

Kapitel 26 (S. 260–266)

Nach fünf Wochen Kur wird Effis Rückkehr nach Berlin erwartet. Die Kur selbst hat Effi ausgesprochen gut getan und sie schreibt begeisterte Briefe an ihre Lieben.

Während der Vorbereitungen für Effis Rückkehr fällt Annie unglücklich und zieht sich eine blutende Wunde zu, die mit Verbandmaterial, das die Dienstmädchen in Effis Nähtisch finden, behandelt werden soll. Dabei fallen Briefe aus dem Nähtisch, denen zunächst keine Bedeutung zugemessen wird.

Kapitel 27 (S. 266–274)

Innstetten liest die Briefe: es sind die Liebesbriefe, die Effi mit Crampas wechselte und die sie aufbewahrt hatte.

Daraufhin bittet Innstetten seinen Freund Wüllersdorf zum Gespräch und erörtert zusammen mit diesem seine Vorgehensweise. Er möchte Wüllersdorf zu seinem Sekundanten machen und sich mit Crampas duellieren. Innstetten rechtfertigt sich unter Berufung auf das „Gesellschafts-Etwas“, das nicht nach Charme, Liebe oder nach Verjährung frage.

Kapitel 28 (S. 275–280)
Innstetten reist nach Kessin, um sich mit Crampas zu duellieren. Dieser hat den schönsten Punkt ganz nah am Strand bei den Dünen gewählt, um das Gefecht auszutragen. An Innstetten zieht noch einmal die Kessiner Zeit vorüber und er erinnert sich an die gemeinsame Zeit mit Effi. Noch einmal wird vom Spuk erzählt. Dann gehen die Herren zum Duell; Crampas fällt.

Kapitel 29 (S. 280–287)
Zurück in Berlin, entschließt sich Innstetten trotz sentimentaler Anwandlungen in Bezug auf Effi dazu, diese zu verstoßen. Die Dienstboten beurteilen die Situation aus ihrer Sicht – die Ergebnisse fallen unterschiedlich aus: Roswitha ist davon überzeugt, dass die Sache verjährt sei, während Johanna die Haltung ihres Herrn einnimmt. Effis Schicksal ist jedoch besiegelt. Ihr wird der Zutritt zu ihrem Berliner Zuhause und der Umgang mit ihrer Familie in Zukunft verwehrt werden.

Kapitel 30 und 31 (S. 287–299)
Effi erfährt in Gesellschaft der Geheimrätin Zwicker von der Tragödie, die sich in ihrer Abwesenheit abgespielt hat. Ahnungslos hat Effi zunächst nur bemerkt, dass Geerts Briefe ausgeblieben waren. In einem versiegelten Umschlag mit dem Absender von Hohen-Cremmen wird ihr nun alles mitgeteilt. Die Konditionen beinhalten nicht nur den Bruch mit ihrer Familie in Berlin, sondern auch den gesellschaftlichen Ausschluss in Hohen-Cremmen. Effi ist außer sich und beschließt sofort abzureisen.

Kapitel 32 (S. 299–314)
Drei Jahre später lebt Effi allein in der Königgrätzer Straße – eine Adresse, die ironischerweise ständig an das Geburtsdatum ihrer Tochter erinnert. Der Leser erfährt, wie es Effi ergangen ist und wie sich ihr Leben verändert hat: Roswitha ist zu ihr gezogen

und kümmert sich aufopfernd um die vereinsamte junge Frau, die sich mit dem Geld der Eltern und mit Klavierstunden über Wasser hält. Ihr Gesundheitszustand wird immer schlechter, so dass Dr. Rummschüttel und Roswitha in Sorge um sie sind. Malstunden eröffnen kurzfristig einen kleinen Lichtblick.

Nach einer für Effi höchst emotionalen zufälligen Begegnung mit Annie wird ihr bewusst, wie sehr sie unter der Trennung von ihrer Tochter leidet. Sie bittet die Ministerin, ein Wort für sie bei Innstetten einzulegen und eine Besucherregelung zu finden.

Kapitel 33 (S. 314–318)

Effis Wunsch geht in Erfüllung. Innstetten konnte der Ministerin die Bitte nicht abschlagen und Johanna bringt Annie zu ihrer Mutter. Doch die Begegnung zwischen den beiden wird zur Katastrophe: Innstetten hat es verstanden, Annie von ihrer Mutter so zu entfremden, dass sie auf die Fragen Effis nur mit einem stereotypen „O gewiß, wenn ich darf" antwortet.

Daraufhin bricht Effi zusammen; ihre ganze Wut kocht hoch. Leidenschaftlich verdammt sie Innstetten und die ganze Gesellschaft für diese beispiellose Kälte und die Verbrechen, die im Namen einer falsch verstandenen Ehre begangen worden sind.

Kapitel 34 (S. 318–325)

Effis Eltern erbarmen sich: Mit einem erlösenden Telegramm wird der Tochter der Zutritt nach Hohen-Cremmen gewährt. Dort verbessert sich ihre Gesundheit; mit einer gewissen Wehmut kann sie in der Obhut der Eltern wieder kleinen Aufgaben nachgehen und auch die Freuden des beschaulichen Alltags auf dem Gut erleben.

Mit dem alten Pastor Niemeyer geht sie spazieren. Sie schwingt ein letztes Mal mit ihrer geliebten Schaukel durch die Luft: nicht mehr als junges, leidenschaftliches Mädchen, sondern als geläuterte, am Leben zerbrochene Frau, die den Tod erwartet.

Kapitel 35 (S. 326–335)

Roswitha schickt Innstetten einen Brief, in dem sie ihn bittet, Rollo zu schicken, damit dieser Effi auf ihren langen, einsamen Spaziergängen begleite. Innstetten ist gerührt und bespricht sich mit Wüllersdorf; Roswithas Bitte wird stattgegeben.

Geert von Innstetten selbst leidet sehr unter seiner Einsamkeit und auch unter seiner harten Haltung. Wüllersdorf versucht, seinem Freund eine Perspektive zu eröffnen, da sich dieser trotz seiner immer noch glänzenden Karriere am liebsten ins Ausland zurückziehen würde, wo das „Gesellschafts-Etwas" unbekannt sei und Ehre ein nicht gebräuchlicher Begriff. Doch Wüllersdorf spricht vom kleinen Glück, mit dem man sich zufrieden geben solle. Er zeigt Innstetten, dass es für Leute seines Schlages keine andere Möglichkeit gebe, als einfach so weiterzumachen.

Kapitel 36 (S. 335–342)

Effi erlebt ihren letzten Sommer. An Rollos Seite geht sie oft und gerne spazieren; sie genießt das Land und die Natur, die ihr so viel bedeuten. Reisen möchte sie nicht mehr, denn nur zu Hause in Hohen-Cremmen fühlt sie sich sicher und geborgen.

Effi entwickelt eine Sehnsucht nach dem Himmel und nimmt langsam Abschied – nicht ohne sich in einem Gespräch mit der Mutter mit Innstetten versöhnt zu haben. Erst dann findet sie Ruhe und Erlösung und stirbt.

Die Eltern Briest bleiben mit der Frage nach der Schuld zurück.

Filmplakat der Romanverfilmung *Rosen im Herbst* (BRD 1955, Regie: Rudolf Jugert). Ruth Leuwerik in der Rolle der Effi Briest.

Die Romanhandlung im Überblick

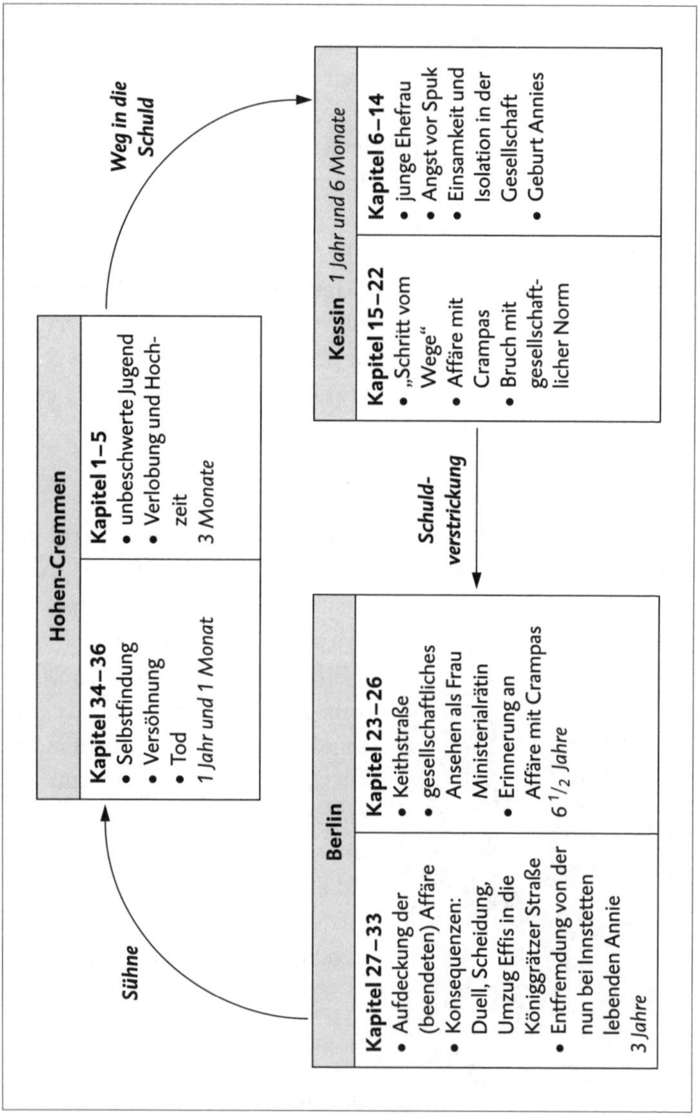

Textanalyse und Interpretation

1 Figuren

Effi Briest

Effi wächst unbeschwert und naturverbunden auf dem Gut Hohen-Cremmen nicht weit von Berlin auf. Mit ihrer Freundin Hulda aus dem Pfarrhaus und den Nachbarskindern spielt sie gerne und ausgiebig. Der so genannte Ernst des Lebens ist ihr fremd. Bereits früh zeigen sich im Umgang mit den Spielkameradinnen ihre **Neigung zum Fantastischen** und ihr **Hang zum Besonderen.**

Hanna Schygulla als Effi Briest in der Romanverfilmung von Rainer Werner Fassbinder (BRD 1974)

So weist sie schon vor dem ersten Treffen mit dem zukünftigen Gatten spielerisch auf das Schicksal der Ehebrecherinnen hin, die in früheren Jahrhunderten drakonische Strafen erleiden mussten. Fasziniert deutet die Hauptfigur hier auf ihr eigenes Schicksal voraus. Es zeigt sich: Die einer Situation innewohnende **Gefahr** stellt eine **Herausforderung** für die junge Effi dar.

Als Innstetten, Effis zukünftiger Mann, sie zum ersten Mal sieht, trägt sie – braun gelockt und etwas kleiner als ihre hoch gewachsene Mutter – ein Matrosenkleid mit weißem Kragen; Effi ist die Inkarnation der **Kindfrau,** die mit **Anmut** einerseits und der **Neigung zur Nonkonformität** andererseits reizt und reizend wirkt (vgl. S. 8 f.). Der Erzähler kommentiert: „In allem, was sie [Effi] tat, paarte sich Übermut und Grazie, während ihre lachenden braunen Augen eine große, natürliche Klugheit und viel Lebenslust und Herzensgüte verrieten." (S. 8 f.)

Dies spüren vor allem die in ihren Konventionen verkrusteten Kessiner, die mit Effis frischer **Lebensfreude** nicht umgehen können und sie nicht als eine der ihren tolerieren, geschweige denn akzeptieren. All das, was Effi an natürlichen Gaben besitzt, hat in der starren, von konservativem Bewusstsein und Dünkel geprägten adligen Schicht mit ihrer orthodoxen Wertewelt keinen Platz; dort zählen ausschließlich die Einhaltung der Etikette und die Erfüllung der vorgegebenen Rollenerwartung.

Effi ist nicht in diese Klischees zu pressen, denn sie ist eine **„Tochter der Luft"** (S. 9), wie ihre Mama scherzhaft bemerkt, nicht sehr bodenständig und in ihrem Naturell eher wankelmütig. Sie lässt gerne einmal Fünfe gerade sein, genießt es, sich treiben zu lassen und ihren Träumen nachzuhängen. Die Schaukel, die sie in den Himmel trägt und ihr das prickelnde Gefühl der Gefahr vermittelt – jederzeit kann sie reißen und Effi in den Abgrund schmettern – ist ihr liebstes Spielzeug (vgl. S. 7, 38, 136 f., 325). Auch zeigt sich so eindrucksvoll ihr Wesen: Effi kann himmelhoch jauchzend und dann sogleich zu Tode betrübt sein, sie liebt das Extreme, auch wenn sie sich davor fürchtet.

Ebenso möchte Effi immer das Besondere, Elegante, **Aparte** – das Normale, Alltägliche ist ihr nicht gut genug; kann sie das Aparte nicht bekommen, verzichtet sie lieber ganz (vgl. S. 26).

Effi liebt ihre Mitmenschen in der ihr eigenen **Natürlichkeit** von ganzem Herzen; sie pflegt ein ausgezeichnetes Verhältnis zu ihren Eltern und ist selbst dann nicht zornig auf diese, als ihr die heimatliche Zuflucht nach der Affäre verwehrt wird.

Zur **Mutter** Luise hat sie eine sehr enge Bindung, denn diese wird in fast alle wichtigen Bereiche ihres Lebens eingebunden. Effi schreibt ihr lange Briefe und trifft sich zu jeder passenden Gelegenheit mit ihr. Effi weiß aber auch um die dominante und der Etikette verpflichteten Art der Mutter, die diese manchmal streng erscheinen lässt. Und doch versteht Effi, die „Kleine“, die Mutter zu besänftigen und diese auch mit Humor zu nehmen (vgl. S. 8, 9, 215). In dem Zusammenhang zeigt sich außerdem, dass Geert von Innstetten für die Mutter, die vor vielen Jahren von diesem verehrt worden war, noch ein potenzielles Reizthema ist und Effi dieses nicht en detail mit ihr diskutieren möchte. Sie fühlt sich der Mutter gegenüber immer im Nachteil in Bezug auf Innstetten und stellt – wie auch der alte Briest – fest, dass Luise besser zu Innstetten gepasst hätte als sie selbst (vgl. S. 82).

Zum **Vater** hat Effi ebenfalls eine liebevolle Beziehung. Der alte Briest vergöttert seine einzige Tochter und schlägt ihr keinen Wunsch ab. Auch führen die beiden gute, lange Gespräche über Baron Innstetten und Effis neues Leben, die sogar vor der Mutter geheim gehalten werden (vgl. S. 139). Effi spielt somit, wie fast jedes Kind, ihre Eltern ein wenig gegeneinander aus.

Effi möchte **Geert von Innstetten** mit der gleichen Intensität lieben wie die, die ihrem Herzen am nächsten sind, doch sie erkennt bald, dass dies nicht geht. Sie fühlt sich allein gelassen, vernachlässigt, ja fast schon abgestellt in einem kalten, ihr fremden und unheimlichen Haus, das aufgrund der düsteren Räumlichkeiten und des unbewohnten Dachgeschosses, von welchem merkwürdige Geräusche ausgehen, negativ auf ihre sonst so sonnige Psyche abfärbt (vgl. S. 86 f.).

Effi steigert sich in **Angst und Spukfantasien** hinein, die sie nicht mit Geert besprechen oder gar mit seiner Hilfe abarbeiten kann, weil dieser als Ansprechpartner fehlt. Ein Austausch ist nur noch auf der Dienstbotenebene möglich (vgl. S. 86 f., 133). Das Kindermädchen Roswitha wird mit ihrem Katholizismus für die protestantische Effi, die empfänglich für Aberglauben und paranormale Phänomene ist, zum Bollwerk gegen den Spuk.

Obwohl Effi leidet, will sie ihre Rolle als Repräsentantin an der Seite ihres aufstrebenden Ehemannes wahrnehmen. Sie ist nämlich, so sagt sie von sich selbst, **ehrgeizig** (vgl. S. 90, 95). So geht sie, sich ihrer Pflicht bewusst, mit auf die kleinen Gesellschaften, die sie eher langweilen denn amüsieren und die ihr im Grunde zuwider sind; dennoch schaffen gerade diese Abwechslung in der Eintönigkeit des Kessiner Daseins.

Als Annie geboren wird, verbinden Effi mit dem neuen Erdenbürger nicht so sehr Muttergefühle als Vergnügen und Kurzweil, da sie damit einen Grund hat, öfter einmal ihr geliebtes Hohen-Cremmen zu besuchen und dem verhassten Kessin eine Zeitlang den Rücken zu kehren.

In ihrer Heimat lebt Effi wieder auf, ihr wird jedoch auch schmerzlich bewusst, dass Innstetten keine Zeit findet, seine kleine Familie mit einem Abstecher zu beglücken (vgl. S. 141). Effi versucht, Innstetten und ihre Ehe vor sich selbst zu rechtfertigen – aber sie weiß im Inneren ihrer Seele, dass das, was sie sich erhofft hatte, nämlich emotionale Zuwendung und leidenschaftliche Liebe, nicht existiert. Zwar bewundert sie Geerts Wissen und seine Weltläufigkeit, seine Souveränität und seinen Erfahrungsvorsprung. Aber sie fühlt sich bislang auch wie ein **abhängiges Kind,** das sich vor ihm fürchtet (vgl. S. 39, 116).

Effis Mutter sagt zum Vater in Bezug auf Effis Beständigkeit in der Verbindung mit Innstetten:

> *„Ja, Briest; du glaubst immer, sie könne kein Wasser trüben. Aber darin irrst du. Sie läßt sich gern treiben, und wenn die Welle gut ist, dann ist sie auch selber gut. Kampf und Widerstand sind nicht ihre Sache.“* (S. 216)

Und so verstrickt Effi sich in die **Affäre mit Major Crampas.** Crampas ist ein in die Jahre gekommener Lebemann, der Effi jedoch das Gefühl gibt, eine begehrenswerte Frau zu sein. Durch ihn erfährt sie die Nähe, die sie so dringend braucht, aber auch die Natürlichkeit in der Begegnung zwischen Mann und Frau. Mit Crampas kann sie sich stundenweise im Rahmen eines geborgten und heimlichen Glücks entfalten; sie lernt, die Welt mit anderen Augen zu sehen; sie wird erwachsen. Crampas hilft Effi, sich selbst und ihre Lage zu erkennen und Innstetten einzuschätzen. Sie beginnt folglich, ihren Mann mit ihrer neuen selbstbewussten, ja emanzipierten Art zu irritieren. Dieser bemerkt die zunehmende Reife und reagiert mit einer gewissen Eifersucht, die jedoch auf Andeutungen reduziert wird (vgl. S. 199, 210). Er ist sich seiner Frau, so glaubt er wenigstens, sicher.

Effi fühlt sich mit diesem **Doppelleben** nicht wohl, aber willenlos verquickt sie ihr Schicksal immer mehr mit dem von Crampas. Sie kann nicht mehr zurück; der Erzähler kommentiert: „Es ging aber doch weiter so, die Kugel war im Rollen ..." (S. 196). Effi wird zum **Spielball der Kräfte:**

> *[...] sie fühlte, daß sie wie eine Gefangene sei und nicht mehr heraus könne. [/] Sie litt schwer darunter und wollte sich befreien. Aber wiewohl sie starker Empfindungen fähig war, so war sie doch keine starke Natur; ihr fehlte die Nachhaltigkeit, und alle guten Anwandlungen gingen wieder vorüber. So trieb sie denn weiter, heute, weil sie's nicht ändern konnte, morgen, weil sie's nicht ändern wollte. Das Verbotene, das Geheimnisvolle hatte seine Macht über sie. [...] „Effi, du bist verloren."* (S. 195 f.)

Das Doppelspiel **zehrt an Effis Kräften** und die harmlosen Bemerkungen ihrer Umgebung werden von ihr uminterpretiert in verdeckte Aussagen über ihre verbotene Beziehung zu Crampas.

> *[...] aber in der Seelenstimmung, in der sie sich seit Schluß des Jahres befand, war sie nicht mehr fähig, unbefangen und ausgelassen über derlei Dinge zu lachen. Ihre Gesichtszüge hatten einen ganz anderen Ausdruck angenommen, und das halb rührend, halb schelmisch Kindliche, was sie noch als Frau gehabt hatte, war hin.* (S. 200)

Richtig unglücklich ist Effi aber nicht. Crampas fasziniert sie, weil er ihre Interessen teilt, ihr zuhört und aufmerksam ist, wenn sie sich treffen – nicht wie Geert, der sich in einigen „müden Zärtlichkeiten“ (S. 118 f.) ergeht und dann seine Ruhe will. Effi fühlt in Bezug auf ihr Doppelleben auch deshalb keine rechte Schuld, weil sie einen Teil ihrer wahren Natur auslebt; sie fühlt sich nur unbehaglich und würde, wäre Innstetten zu einer veränderten Einstellung bereit, sofort mit aller Liebe zu ihm zurückkehren.

Ihre Reaktion auf Innstettens Ankündigung, nach **Berlin** zu gehen, ist euphorisch; sie zeigt ihre Befreiung, indem sie Gott für diese Fügung dankt. Innstetten ist deshalb höchst irritiert. Der Erzähler kommentiert:

> *Sie hatte sich durch ein schönes Gefühl, das nicht viel was andres als ein Bekenntnis ihrer Schuld war, hinreißen lassen und dabei mehr gesagt, als sie sagen durfte.* (S. 210)

Effi zieht einen **radikalen Schlussstrich** unter ihre Affäre mit Crampas und schreibt ihm einen Abschiedsbrief:

> *„[…] ich komme* nicht *wieder … Warum ich nicht wiederkomme, Sie wissen es … Es wäre das beste gewesen, ich hätte dies Stück Erde nie gesehen.“ […] Am fremdesten war ihr das „Sie“; aber auch das mußte sein; es sollte ausdrücken, daß keine Brücke mehr da sei.* (S. 219)

Effi geht mit neuem Mut und alles hinter sich lassend nach Berlin. Manchmal, wenn sie sich in der Metropole an Kessin zurückerinnert, überkommt Effi ein Schaudern und sie ist froh, diesem alten Leben entkommen zu sein. Sie hat in ihrer neuen Umgebung an **Sicherheit** gewonnen. Das Vergangene ist nicht mehr wahr, löst sich langsam in verschwommene Erinnerungen auf. In Bezug auf Innstetten sagt sie ihren Eltern: „Er sei der beste Mensch, etwas zu alt für sie und zu gut für sie, aber sie sei nun über den Berg.“ (S. 249) – Und da kommt das Verderben!

Warum versteckt man **verräterische Briefe** und gefährdet sein Glück? – Dies fragt sich neben der alten Geheimrätin Zwicker auch der Leser. Effi kann sich nicht trennen von den Liebesbeweisen, die sie wie eine Bestätigung ihrer selbst und wie eine Erinnerung aus einer anderen Welt heimlich in ihre Berliner Gegenwart gerettet hatte. Effi zeigt sich hier als sentimentale Seele, die das Vergangene nicht einfach über Bord werfen kann. Sie möchte der Liebe und Zuneigung eines Mannes, der nicht für sie ausgewählt worden war, sondern in dessen Arme sie das Leben warf, ab und an gedenken. Crampas hatte ihr Selbstbewusstsein vermittelt und ihr den Glauben an ihre Attraktivität geschenkt. Gleichzeitig halten ihr die Briefe aber auch die eigene Verführbarkeit vor Augen.

Nachdem Innstetten die im Nähtischchen verborgenen Briefe gefunden und Effi verstoßen hat, geht es psychisch und physisch mit der einst so lebenslustigen Frau bergab. Nun, nach der **Entdeckung,** die sie hinnimmt als späte Bestrafung einer für sie nicht so recht greifbaren Schuld, **vereinsamt** sie immer mehr. Effi arbeitet nicht, wie sollte sie auch – was kann eine Dame der Gesellschaft denn schon außer repräsentieren und Kommunikation pflegen? So nimmt sie nach einigen erfolglosen Anläufen als Klavierlehrerin Malstunden, um ihrem Leben wieder etwas mehr Abwechslung zu geben.

Als es sich endlich fügt, ein **Treffen mit** der geliebten Tochter **Annie** herbeizuführen, endet dieses im Desaster – in einem leidenschaftlichen Anfall von Schmerz und Enttäuschung sprudelt Effis ganze Wut hervor. Effi bricht mit der Gesellschaft, sie fasst in Worte, was sie von Innstetten und seinem Erziehungsprinzip hält, und unter Tränen sackt sie zusammen. Sie hat den **Zenit ihres Leidensweges** erreicht, sie kann nicht weiter, der Körper spielt nicht mehr mit und die Kräfte verlassen sie. Die **Krankheit** erscheint wie ein Selbstmord auf Raten.

Als dann die erlösenden Worte aus Hohen-Cremmen „Effi komm" (S. 321) nach Berlin geschickt werden, tritt bei Effi ein **später Gehorsam** ein. Sie vergibt Innstetten und allen, die ihr seelisch so viel Grausamkeit zugefügt hatten. Effi, der „Tochter der Luft“, die sich selbst als „schwache Christin“ (S. 337) bezeichnet, wird die Frage nach dem Himmel wichtig, nach ihrem Element (vgl. S. 325). Aber das Wichtigste für die junge Frau, die immer mehr dahinschwindet, ist Ruhe. Effi möchte alles geregelt wissen, sie ersehnt sich **Seelenfrieden und Versöhnung.** Alles Aufmüpfige, Leidenschaftliche, ja Rabiate fällt ab – Effi Briest stirbt sanft, sie wird eins mit der Natur, die sie in Hohen-Cremmen so liebt, und sie ist heimgekehrt an den Ort, den sie immer als ihren Anker und Halt betrachtet hat (vgl. S. 340).

Baron von Innstetten

Geert von Innstetten, der 38-jährige Landrat aus dem hinterpommerschen Kessin ist das, was man landläufig als ein gestandenes Mannsbild bezeichnet. Gut aussehend, schnittig, mit preußischer Pflichtauffassung und vor allem mit Haltung ist er ein **typischer Vertreter der zeitgenössischen Adelsschicht,** der die Etikette über alles geht (vgl. S. 20). Er ist es gewohnt, dem Reglement der gesellschaftlichen Konventionen Folge zu leisten und sein Amt dementsprechend auszuführen.

Marianne Hoppe als Effi Briest, Karl Ludwig Diehl als Baron Geert von Innstetten in der Romanverfilmung von Gustav Gründgens (Deutschland 1939)

Vorgestellt und eingeführt wird Baron von Innstetten durch Effi selbst. Im Gespräch mit ihren Freundinnen erzählt sie von der **Liaison ihrer Mutter** mit dem schneidigen Kavalleristen, der als 20-Jähriger auf dem Gut des Großvaters Belling um die Gunst der Luise geworben hatte. Effis Mutter jedoch, von Ehrgeiz beseelt, wählte den älteren und finanziell gut abgesicherten Briest, den Besitzer von Hohen-Cremmen, zum Ehemann und beendete die Beziehung mit Innstetten, der in ihren Augen gesellschaftlich noch nicht so weit gediehen war, als dass er eine gute Partie gewesen wäre (vgl. S. 13 f.).

18 Jahre später nun ist Innstetten ein „Jemand" in der Gesellschaft, ein **„Mann von Prinzipien"**, wie er immer wieder von allen, die ihn kennen, bezeichnet wird (S. 39, vgl. auch S. 20). Innstetten gehört zu dem Typ Mensch, der es gelernt hat, seine Gefühle zu bezwingen und sich primär vom **Verstand** leiten zu lassen. Alles andere wäre in seinen Augen unmännlich und nicht schicklich. Außerdem betrachtet er alles unter dem Aspekt der Zweckmäßigkeit im Hinblick auf seine **Karriere** (vgl. S. 143 f.).

Effi passt mit ihrem Naturell nur sehr bedingt in dieses Konzept. Aus diesem Grund geht es Geert darum, seine junge Frau zu **erziehen** und sie stimmig in seinen Lebensentwurf einzupassen. Die wild und frei aufgewachsene Effi lässt sich jedoch nicht so einfach in ein vorgefertigtes gesellschaftliches Korsett pressen.

So wählt Baron von Innstetten, einmal in Kessin angekommen, den **Spuk,** der – wie Crampas treffend bemerkt – „wie ein Cherub mit dem Schwert" über dem Haus wacht, um Effi in Schach zu halten (S. 154). Sie wird durch den faulen Zauber in ihrer Selbstentfaltung beschnitten, sie wird ans Haus gebunden und sie wird auch eingeschüchtert. Geert gelingt es, Effi von sich abhängig zu machen, indem er nicht auf ihre kleinen Sorgen und Nöte eingeht und indem er in Andeutungen Unklarheiten bestehen lässt, die die gradlinige Effi nicht deuten kann bzw. die ihre Angst noch schüren. Nicht umsonst gesteht sie ihrer Mutter, dass sie sich vor Innstetten „fürchtet" (S. 39).

Innstetten wird im Verlauf des Romans im Gespräch mit und von den verschiedenen anderen Romanfiguren beschrieben. So spricht Effi mit dem alten Briest während eines Spaziergangs auf Hohen-Cremmen über ihn. Als sie Geerts **kühles Verhalten** entschuldigt, aber letztlich ihrem Vater gesteht, dass ihr Gatte **großer Emotionen nicht fähig** sei und ein Blitzbesuch am

Urlaubsort aufgrund seiner hohen Arbeitsbelastung nicht ins Auge gefasst werden könne, kündigen sich schon tiefe Zerwürfnisse an (vgl. S. 137 f.).

Als **langweilig** werden die Abende des Ehepaares geschildert. Innstetten bringt seine Landratsarbeit mit nach Hause, er verbringt einige Zeit mit seiner Frau im Gespräch, aber er ist nicht sichtlich angetan von ihrer Gesellschaft, die ihm selbstverständlich ist. Er bewundert zwar ihre Schönheit und macht ihr Komplimente, aber seine Zärtlichkeiten sind „müde". Das heißt, er muss sich in der Beziehung und als Liebhaber nicht mehr bewähren. Er tut nichts, um Effi richtig glücklich zu machen. Lieber und mit größerem Engagement widmet er sich seinen beruflichen Reisen und der Arbeit allgemein, um die Karriere zu befördern. Sein Verhältnis zu Bismarck scheint bisweilen inniger als das zu seiner Frau zu sein (vgl. S. 119 f.).

Geert von Innstetten hat mit der Heirat erreicht, dass er das, was er damals nicht bekommen konnte, nämlich Luise, nun in der 20 Jahre jüngeren Tochter zu besitzen glaubt. In Effi hat er ein anhängliches Kind, das er beherrschen kann, das seine maskuline Haltung unterstreicht und das seine **Dominanz** als der erfolgreiche und mit **Autorität** ausgestattete Ehemann hervortreten lässt. Er schmückt sich mit der jungen und schönen Frau, die mit ihm zusammen die Kessiner Gesellschaft anführt.

Im Verlauf der Handlung jedoch verändert sich Geerts Position in Bezug auf seine Frau:

Zu Beginn ist der welterfahrene Baron eine Art **Vaterfigur,** er steht intellektuell weit über Effi, die sich immer unterlegen fühlt. Dies wird besonders auf der Hochzeitsreise deutlich, wo Innstetten schon den **Erzieher** mimt. Effi, die gezwungenermaßen diesen Mann lieben muss, folgt – es fragt sich nur, wie lange. Die Beziehung ist asymmetrisch, da Geert der dominante Partner ist und Effi eher reagiert denn aktiv mitgestaltet. Diese Ehe ist zunächst eine Zweckverbindung.

Verhältnis Innstetten – Effi: Unterwerfung und Besitz als Zweck der Ehe

Innstetten	Effi
• Beherrschen • Erziehung • Besitz • Effi als unreifes Kind • Belehrung • Versuch, das mit Luise Versäumte nachzuholen • Junge Frau als „Schmuck“ • Mittel der Repräsentation • Emotionale Kälte • „Kunstfex“ • „Mann von Prinzipien“	• Gehorsam, Pflicht • Furcht • Unterwürfigkeit • Innstetten als Vaterfigur • Verehrung • Ehrgeiz; gesellschaftliche Anerkennung; materielle Sicherheit • Bewunderung • Karrieregedanke • Respekt, keine Liebe • „Naturkind“ • Abenteuerlust

Trotzdem gewinnt diese Beziehung im Laufe der Zeit eine **emotionale Dimension.** Effi lernt Innstetten auf ihre Art zu lieben und wäre – würde ihr dieser nur etwas mehr Zuwendung entgegenbringen – jederzeit bereit, Crampas fallen zu lassen.

Nach der Geburt von Annie wird Effi zum ersten Mal als **Frau** gesehen und so gewinnt die Beziehung eine erotische Dimension, die vorher nicht so offensichtlich existiert hatte. Das erotische Knistern beflügelt den Leser dahingehend, dass er glaubt, die Verbindung erhalte nun Substanz, ja es sei eine Gleichwertigkeit der Partner erreicht, die einen hoffnungsvollen Neubeginn darstellt. Aber gerade hier lässt Innstetten die Ansätze verkümmern, er nimmt den Ball nicht auf und Effi bleibt letztendlich als unbefriedigte Ehefrau zurück. Sie ist vernachlässigt durch die emotionale Kälte, die Crampas sich zu Nutze machen kann.

Innstetten macht im Verlauf der Affäre Effis mit Crampas gewisse Andeutungen gegenüber seiner Frau (vgl. S. 199, 211 f.); er hat vielleicht auch Ahnungen, die er sich selbst gegenüber benennt und die zeigen, dass er **eifersüchtig** ist:

> *Was war das alles? Wo kam das her? Und er fühlte seinen leisen Argwohn sich wieder regen und fester einnisten. Aber er hatte lange genug gelebt, um zu wissen, daß alle Zeichen trügen, und daß wir in unsrer Eifersucht, trotz ihrer hundert Augen, oft noch mehr in die Irre gehen als in der Blindheit unsres Vertrauens.* (S. 211)

Diese Eifersucht fordert Innstetten nicht zum Handeln auf, ja er scheint gleichsam die schwierige, wenn nicht gar ausweglose Situation, in der sich seine Frau befindet, aus der Distanz zu belächeln. Indem er an die unauflösbare Verbindung, die er mit Effi eingegangen ist, glaubt und Effi durch den Spuk zum Gehorsam erzogen hat, ist er sich ihrer weitgehend **sicher.**

Crampas erklärt Effi, dass Innstetten als Erzieher handele und mit dem Spuk einen „Angstapparat aus Kalkül" (S. 155) errichtet habe, was auf **seelische Grausamkeit** schließen lasse (zum Spukmotiv siehe auch Schaubild und Ausführungen *Interpretationshilfe,* S. 62 ff.). Effi erfährt darüber hinaus, dass ihr Mann mit seinem Ernst und seiner Zugeknöpftheit in den übermütigen Kreis der Kameraden nie recht hineingepasst habe, sodass er „eigentlich immer mehr respektiert als geliebt worden sei" (S. 150 f.). Crampas hat auch eine Erklärung für Innstettens Vorliebe für Spukgeschichten: Schon damals habe er seinem Kameraden vorgeworfen, dass dieser sich damit nur interessant machen wolle, da er wisse,

> *„[...] daß Ungewöhnlichkeiten nach oben hin besser empfehlen. In höheren Karrieren will man keine Alltagsmenschen. Und da Sie so was vorhaben, so haben Sie sich was Apartes ausgesucht und sind bei der Gelegenheit auf den Spuk gefallen."* (S. 151)

Crampas öffnet Effi die Augen über Innstetten: Nie sei er aus diesem „klug geworden", da sein Nein keines sei und sein Ja nicht unbedingt Zustimmung bedeute (S. 152). Crampas hat Innstetten durchschaut und er eröffnet Effi das, was sie unbewusst immer schon ahnte: „[...] er [Innstetten] operiert nämlich immer erzieherisch, ist der geborene Pädagog [...]" (S. 154)

Innstetten weist also mit seinem **moralischen Zeigefinger** den andern den Weg, weil er allein zu wissen glaubt, was richtig und was falsch ist – und er bedient sich moralisch unlauterer Mittel, um seine Ziele zu erreichen. Trotzdem bleibt Effi an Innstettens Seite; sie stellt ihn zwar zur Rede (1. Schritt in Richtung Emanzipation), aber die Gespräche gehen alle unverbindlich aus.

Im Zeitraffer vergehen die Jahre in Berlin. Effi und Innstetten scheinen einen Modus gefunden zu haben, mit dem sie als Familie gut zusammenleben können und Effi ihre Pflichten als Gattin eines in Regierungskreisen arbeitenden Mannes wahrzunehmen vermag. Sie ist ihm gegenüber loyal und hat die Affäre in Kessin weit hinter sich gelassen.

Als die Briefe entdeckt sind, zeigt sich jedoch Innstettens Rigidität in Bezug auf Etikette und gesellschaftliche Konformität. Nicht mit Herz, sondern mit **Haltung** und **Konsequenz** beantwortet Innstetten die Frage nach Effis Treuebruch, für den er durchaus Entschuldigungen hätte finden können. Aber ganz im Sinne des **„Gesellschafts-Etwas"**, dem er sich verschrieben hat (S. 273; vgl. *Interpretationshilfe,* S. 80 ff.), sieht er sich als Opfer und übergeht seine durchaus noch vorhandenen Gefühle für Effi („ich liebe meine Frau, ja, seltsam zu sagen, ich liebe sie noch [...]", S. 272). Seine Pflichtauffassung und seine Moral verlangen, von Crampas Genugtuung zu erzwingen und ihn zum **Duell** zu fordern (vgl. S. 274).

Wiederum ganz Gentleman und der Form entsprechend beugt er sich der Bitte der Ministerin, Effi und Annie zusammenzubringen (vgl. S. 314). Doch auch hier schlägt die seelische Grausamkeit durch, die Innstetten bewusst oder unbewusst anhaftet, und er entfremdet Annie von Effi („O gewiß, wenn ich darf.", S. 317 f.). Effi erkennt darin seine größte **Lieblosigkeit,** denn zum ersten Mal bezeichnet sie ihn als „klein" und „grausam“ (S. 318). Sie sieht ihn als **gesellschaftliche Marionette,** die ihr, dem Naturkind, der Tochter der Luft, den Atem abgeschnürt und sie auf ein Mittelmaß zurechtgestutzt hat; sie gibt Innstetten einen Großteil der Schuld für ihr gemeinsames Scheitern mit auf den Weg:

> *„[...] ein Schulmeister war er immer, Crampas hat ihn so genannt, spöttisch damals, aber er hat recht gehabt. [...] Ein Streber war er, weiter nichts. – Ehre, Ehre, Ehre ... und dann hat er den armen Kerl totgeschossen, den ich nicht einmal liebte und den ich vergessen hatte, weil ich ihn nicht liebte. Dummheit war alles, und nun Blut und Mord.“* (S. 318)

Am Ende jedoch, als **Effi** krank und siech in Hohen-Cremmen auf den Tod wartet, **vergibt** sie **Innstetten** und schreibt sein Handeln einer Persönlichkeit zu, die „ohne rechte Liebe“ sei (S. 340). Liebe also, hätte Geert von Innstetten sie besessen, wäre der erste Schritt zur Versöhnung gewesen.

Ungebeugt steht Geert von Innstetten am Schluss des Romans da, seine Karriere schreitet weiter fort, er hat alles erreicht. Letztlich aber ist er ein **einsamer, unglücklicher Mensch.** Unbeugsamkeit, Prinzipientreue und Etikette bleiben am Ende diesem Mann, dessen Namen Effi nach ihrer Auffassung Schande gemacht hat. Tragisch ist, dass er zwar die Ambivalenz seines Handelns erkannt hat (vgl. S. 332 f.), aber nicht aus seiner Haut heraus kann. Am liebsten würde er zu den „pechschwarze[n] Kerle[n]“ (S. 333) fliehen – dahin also, wo Ehre und Moral nicht zählen. Doch das bleiben Hirngespinste, denn Innstetten ist zu sehr **Produkt seiner Gesellschaft,** als dass er fliehen und sich vor sich selbst verstecken könnte.

Also bleibt er und leidet selbstgefällig in der Veräußerlichung seiner Rolle, die er sich selbst zugeschrieben hat. Dass er sich so vom wahren Menschsein entfernt hat und somit auch als **Opfer** bezeichnet werden kann, bleibt am Schluss bittere Wahrheit.

Major Crampas

Carl Raddatz als Crampas, Ruth Leuwerik als Effi in der Romanverfilmung *Rosen im Herbst* (BRD 1955, Regie: Rudolf Jugert)

Wer ist dieser Crampas überhaupt? Sein Nachruf ist kurz und bündig auf einen Nenner gebracht: „er lebt gern und ist zugleich gleichgültig gegen das Leben. Er nimmt alles mit und weiß doch, daß es nicht viel damit ist." (S. 277)

Crampas ist ein attraktiver Mittvierziger, von Beruf Major, verheiratet mit einer etwas älteren Frau und Vater zweier Kinder. Der ihm vorauseilende Ruf ist seiner gesellschaftlichen Stellung nicht gerade zuträglich. In einem Duell mit einem eifersüchtigen Ehemann schon einmal verletzt, wird er **äußerlich eindeutig als „Ehebrecher" stigmatisiert.** Geert weiß um die Gefährlichkeit seines Freundes:

> *„[...] denn erstens ist er überhaupt ein Damenmann, und nun gar Damen wie du [Effi], das ist seine besondere Passion. Und ich wette auch, daß es keiner besser weiß, als meine kleine Frau selber. [...] da hättest du sehen sollen, mit welcher Geschicklichkeit er bewies, daß [seine] Frau zu Hause bleiben müsse.*" (S. 169)

Trotzdem bezeichnet Effi den neuen Landwehrbezirkskommandeur – in dieser Position trifft Crampas in Kessin ein – als „Trost- und Rettungsbringer" (S. 120). Denn sie sieht in ihm einen **vollkommenen Kavalier, ungewöhnlich gewandt, ausgelassen, unterhaltsam und übermütig** (vgl. S. 121 f.), mit dessen Hilfe sie sich ein „neues Leben" im langweiligen Kessin verspricht – wenn da nur nicht seine Frau wäre, die eifersüchtig über ihren Mann wacht. Durch dessen „Untugenden" wachsam geworden, flüchtet diese eher aus der Gesellschaft, als dass sie sich darauf einlässt. Die menschenscheue Majorin verhindert dann auch die von Effi so sehr gewünschte und erhoffte Freundschaft zwischen den beiden Paaren; dennoch tun sich Gelegenheiten auf, die es Effi und Crampas erlauben, einander besser kennen zu lernen.

Crampas erzählt Effi Kriegs- und Regimentsgeschichten, kleine Anekdoten und auch Episoden, in denen Charakterzüge von Innstetten zur Sprache kommen (vgl. S. 150 ff.). Effi bezeichnet daraufhin Crampas als „gefährlich" (S. 153), worauf dieser den Vorwurf geschickt abbiegt und Effi immer weiter in eine Beziehung mit ihm drängt, die sie zunächst für sich ablehnt:

> *Crampas war ein kluger Mann, welterfahren, humoristisch, frei, frei auch im Guten, und es wäre kleinlich und kümmerlich gewesen, wenn [Effi] sich ihm gegenüber aufgesteift und jeden Augenblick die Regeln strengen Anstandes befolgt hätte. Nein, sie konnte sich nicht tadeln, auf seinen Ton eingegangen zu sein, und doch hatte sie ganz leise das Gefühl einer überstandenen Gefahr und beglückwünschte sich, daß das alles nun mutmaßlich hinter ihr läge.* (S. 164)

Als Crampas dienstlich verreist, sagt Effi sogar: „Es ist gut, daß er fort ist. Er sagt eigentlich immer dasselbe." (S. 198 f.) Sie versucht sich immer wieder zu vergegenwärtigen, dass ihre Haltung korrekt sei und der Major ihr nichts bedeute. Trotzdem ist **Effi** von dem Charmeur, der bei 9 Grad noch in der Ostsee badet, eigenartig **gefangen und fasziniert,** ohne dass sie sich entziehen kann. Sie lernt die langen Gespräche während der gemeinsamen Ausritte zu schätzen und Crampas als **Vertrauten** zu akzeptieren.

Indem Crampas sich ausgiebig über Baron von Innstetten auslässt, sagt er natürlich auch viel über sich. Er ist ein Mann, der **psychologisch einfühlsam** die Schwächen seiner Mitmenschen zu diagnostizieren und zu interpretieren weiß. Er schwärzt Innstetten zwar nicht bei Effi an, merkt aber im Gespräch, wo die Probleme der jungen Frau liegen. Er will ihr das Unbekannte bekannt, das Unbewusste bewusst machen und schafft folglich eine Vertrauensbasis, von der aus er weiter operieren kann.

Genau wie Innstetten mit Effi spielt, **spielt** Crampas mit ihr. Er gibt sich scheinbar ehrlich, nutzt aber all seine Ausführungen für eigene Zwecke, indem er einerseits Klarheit schafft bezogen auf die Täuschungen, die Innstetten seiner Frau zumutet, andererseits aber auch mit seiner „Beraterfunktion" eigene Ziele verfolgt. Auch er wirkt „erzieherisch" mit seinen Aufklärungen. Mithilfe der Literatur verschlüsselt Crampas seine Wahrheiten und spricht zu Effi durch die Blume der Poesie. Diese Romantik vermisst Effi in ihrer Ehe und sie sieht ihr Schicksal gespiegelt in den Geschichten, die ihr Crampas charmant bei den üblich gewordenen Picknicken am Strand erzählt. Effi bemerkt jedoch bald, dass auch der Major ein **Mensch mit zwei Gesichtern** ist:

> *„[...] Auf der anderen Seite freilich, der Major hat so was Gewaltsames, er nimmt einem die Dinge gern über den Kopf fort. Und man muß dann spielen, wie er will, und nicht, wie man selber will."* (S. 166 f.)

In einem Gespräch, das Innstetten mit Effi über Crampas führt, fragt ihn diese: „Hältst du ihn für schlecht?" Darauf Innstetten:

> *„Nein, für schlecht nicht. Beinah im Gegenteil, jedenfalls hat er gute Seiten. Aber er ist so'n halber Pole, kein rechter Verlaß, eigentlich in nichts, am wenigsten mit Frauen. Eine Spielernatur. Er spielt nicht am Spieltisch, aber er hasardiert im Leben in einem fort, und man muß ihm auf die Finger sehen. [...] Unbefangenheit ist immer das beste, und natürlich das Allerbeste ist Charakter und Festigkeit und [...] eine reine Seele."* (S. 170)

Interessant ist hier, dass Innstetten Effi über Crampas genauso aufklärt wie dieser Effi über Innstetten.

Innstetten bemerkt die Affinität zwischen den beiden sowie Effis Unsicherheiten im Umgang mit der Situation. Anstatt zu helfen, stellt er aber nur fest, dass Effi eine „reizende kleine Frau" wäre, deren Spezialität nicht eben die Festigkeit sei (S. 189).

Und so trudelt Effi in das Verhältnis mit Crampas hinein. Immer weiter verstrickt sie sich, so z. B. bei einer Weihnachtseinladung bei Frau von Padden, die über Crampas bemerkt:

> *„Schöner Mann [...] Verkehrt er in Ihrem Hause?" „Flüchtig." „Wirklich", wiederholte die Padden, „ein schöner Mann. Ein bißchen zu sicher. Und Hochmut kommt vor dem Fall. [...] Eigentlich ist er doch zu alt; wenigstens Mitte vierzig." „Er wird vierundvierzig." „Ei, ei, Sie scheinen ihn ja gut zu kennen."* (S. 192 f.)

Die **eigentliche Affäre** wird **nur angedeutet** in den langen Spaziergängen, die Effi vom Arzt verordnet bekommt, und in der verräterischen Art, in der Roswitha die „gnädige Frau" niemals an den vereinbarten Treffpunkten antrifft. Genaueres erfährt man gemeinsam mit Innstetten aus dem **Briefwechsel,** der davon spricht, dass beide „ein Recht" (S. 269 f.) hätten – ein Recht auf Glück, auf Erfüllung? Effi scheint eine Flucht ins Auge gefasst zu haben in der Absicht, alles zurückzulassen. Hier macht Crampas jedoch nicht mit; er schiebt die Verantwortung seiner Frau gegenüber vor. Diese Briefe zeigen eine gewisse **Halbherzigkeit** auf Crampas' Seite und eine Aktivität auf der Effis.

Crampas ist zu sehr verhaftet in seinem Leben, als dass er es für Effi opfern wollte. Vielleicht liebt er sie auch nicht genug oder er ist schlicht feige. Trotzdem nimmt er Effi und ihre Eigenarten besser hin als Innstetten.

Crampas bleibt immer und überall ganz **Gentleman.** Als Effi ihm eröffnet, dass sie nicht aus Berlin zurückkehre, steht er an der Landungsbrücke und grüßt sie zum letzten Mal. Er wirft Effi auch keine eifersüchtigen Hindernisse in den Weg. Ihr Abschied hat etwas „Bittendes" (S. 220): Womöglich sucht sie Vergebung bzw. Verständnis dafür, dass sie Crampas verlässt. Auch ersucht sie ihn in seiner Ritterlichkeit zu schweigen wie ein Grab.

Crampas nimmt in letzter Konsequenz die **Verantwortung** auf sich: Er reagiert ruhig, gefasst, vornehm auf die Forderung

Innstettens – er weiß, dass er verloren hat. Versöhnlich scheidet er aus dem Leben; es scheint fast so, als ob er Innstetten beschäme in dem, was dieser für unausweichlich hält (vgl. S. 280).

Effis Vater

Ritterschaftsrat von Briest, der 50-jährige Vater, ist derjenige im Roman, dessen ganze Zärtlichkeit Effi gilt (vgl. S. 247 f.). In zahlreichen Gesprächen mit seiner Frau Luise und mit Effi selbst lernt ihn der Leser kennen als **humorvollen, jovialen, gütigen und großzügigen Vater,** der ein weites Herz für die Tochter und deren Nöte hat. Er ist es auch, der nach Effis Fall schließlich versöhnend einlenkt und ihr telegrafiert: „Effi komm." (S. 321)

Briest, den Luise immer tadelnd in seine Schranken verweist, hat ein gutmütiges Naturell. Er ist darüber hinaus bodenständig, sieht die Welt so wie sie ist und er verfügt über einen zuweilen deftigen Humor. Kommt Briest nicht weiter, kommentiert er: „Das ist ein (zu) weites Feld". Mit dieser Floskel sagt er alles oder nichts, aber er überschaut alles Wesentliche und steht insgesamt über den Dingen.

Er ist nicht so sehr der Etikette verpflichtet wie seine Frau und manchmal mit seinen Bemerkungen etwas „unpassend" (S. 13), aber er **sieht die Dinge klar und zieht seine Konsequenzen** daraus. Sehr sensibel nimmt Briest wahr, dass die Ehe zwischen seiner Tochter und Innstetten keine Liebesehe ist. Besonders deutlich wird dies nach der Geburt von Annie, als Effi Hohen-Cremmen besucht und dort einen Spaziergang mit ihrem Vater unternimmt. Briest verweist auf die Tatsache, dass Innstetten sich in jenen sechs Wochen nicht einmal habe blicken lassen (vgl. S. 138 f.). Er weiß, dass seine Tochter unter dieser an Missachtung grenzenden Vernachlässigung durch ihren Gatten leidet, und er benennt diesen Fauxpas.

Hier werden im Gespräch zwischen Vater und Tochter anhand eines an sich belanglosen Beispiels die unterschiedlichen

Schwerpunkte im Leben der Innstettens deutlich: Geert ist auf seine Karriere fixiert, während Effi Liebe und Leidenschaft vorzieht. Der von ihr ursprünglich erwähnte Ehrgeiz, der Tun und Handeln motiviert, ist nur ein aufgesetzter. Das weiß der alte Briest, denn er bezeichnet Effi als „Naturkind" und Innstetten als einen „Kunstfex" (S. 42). Der Konflikt ist vorprogrammiert.

Briest erkennt sehr deutlich, was seiner Tochter fehlt. Er bespricht seine Zweifel und Annahmen mit Luise, die ihn bisweilen in ihren Kommentaren als komische Figur abstempelt (vgl. S. 21). Trotzdem sieht sie in den berechtigten Anmerkungen ihres Mannes auch immer wieder ein Körnchen Wahrheit.

Effis Mutter

Luise von Briest, geborene Belling, hätte wohl besser zu Innstetten gepasst als ihre Tochter (vgl. S. 42). Das ergibt sich sowohl aus den Kommentaren des alten Briest als auch aus Bemerkungen Effis. Diese wird sich in Kessin bewusst, dass sie die Stelle, die eigentlich ihre Mama innehaben sollte, nicht so gut ausfüllen kann, wie es jene gekonnt hätte (vgl. S. 82).

Die schöne und kluge 38-jährige Mutter Effis war **als Zwanzigjährige mit Innstetten liiert,** ließ ihn aber fallen zugunsten des älteren, wohl situierten Briest, der ihr das gesellschaftliche Ansehen gab, das sie beanspruchte. Innstetten stand zu dieser Zeit am Anfang seiner Karriere und kam so für sie nicht infrage.

Luise von Briest weiß, dass die junge Effi und der ältliche Innstetten kein Musterpaar abgeben. Sie möchte aber in und mit Effi die eigene (verlorene) Jugend wiederbeleben (vgl. S. 21). Außerdem glaubt sie, dass ihre Tochter mit Innstetten, der auf der Karriereleiter immer höher klettert, **materielle Sicherheit** und **gesellschaftliches Ansehen** erwerben werde und schon mit zwanzig da stünde, „wo andere mit vierzig stehen" (S. 20).

Somit erscheint Luise als treu sorgende Mutter – aber sie vergisst, dass das eigene Leben nicht im Leben der Tochter wiederholt oder verzögert gelebt werden kann. Leben ist so nicht planbar, auch wenn es **in bester Absicht** geschieht.

Luise von Briest hat zu ihrem Kind ein sehr inniges, liebevolles und vertrautes Verhältnis, auch wenn sie Effi **manipuliert** und in die Ehe mit Innstetten hineindrängt. Sie hätte vorab wissen müssen, was sie im Nachhinein betrauert: „Ob *wir* nicht doch vielleicht schuld sind?“, fragt sie ihren Mann nach Effis Tod, „ob sie nicht doch vielleicht zu jung war?“ (S. 341 f.)

Sie weiß, dass Effi einen leichtlebigen Zug hat und sich treiben lässt, dass sie „ein Kind“ ist, „schön und poetisch“ (S. 34). Auch schätzt sie wie der Vater Effi als naive, aber auch „schlaue kleine Person“ ein, die dadurch gefährlich werde (S. 248). Luise, die weiß, dass die Tochter viel von ihr, der Mama, geerbt hat, **schaut in die Abgründe von Effis Seele.** Effi habe „Vergnügungssucht und Ehrgeiz“, aber auch etwas „Rabiates“ (S. 43 ff.).

Luises Charakter weist gleichfalls diese Merkmale auf, machte sie doch **rabiat** der Verbindung mit Innstetten ein Ende, um aus **Ehrgeiz** den saturierten Briest zu heiraten. Und doch, es scheint, dass trotz aller kleinen Sticheleien und Zwistigkeiten die Beziehung der Eltern Effis weitgehend harmonisch ist. Keiner der beiden macht einen unglücklichen Eindruck; sie profitieren voneinander und sind einander freundschaftlich zugetan.

Effis Mutter hat einen **sehr festen Willen** und mag es, wenn die Menschen nach ihrer Pfeife tanzen. Briest in seiner Großzügigkeit lässt sie gewähren. Er macht trotzdem, was er will. Effi erkennt diesen Wesenszug ihrer Mutter erst später. Sie möchte aus diesem Grunde ohne die Mutter ihre Wohnung in Berlin einrichten: „Die Mama, wie du [Innstetten] weißt, [ist] sehr bestimmt und kennt nur ihren eignen Willen.“ (S. 215)

Luise hat ein feines Gespür für die gesellschaftliche Etikette, und da sie sich auf die Gesellschaft angewiesen glaubt, **lässt** sie die **Tochter nach deren Affäre fallen.** Zwar sichert sie Effi finanziell ab, weist sie aber ansonsten aus ihrem Leben (vgl.

S. 294 f.). Schlimm genug, dass der alte Briest diesem Verfahren zunächst zustimmt. Er aber macht – anders als Innstetten – eine Verjährung geltend und holt letztlich sein Kind nach Hause.

Die Mutter zeigt sich zustimmend und kümmert sich rührend um die Tochter, als diese krank zu Hause liegt. Trotzdem geht von Luise von Briest **wenig Herzenswärme oder Güte** aus, wie man sie von Effi oder ihrem Vater kennt. Luise erscheint immer wieder als eine **sehr auf Äußeres, auf öffentliche Anerkennung bedachte Frau,** die dank des Briestschen Reichtums und des Namens in Adelskreise aufgestiegen ist und so ihr Geltungsbedürfnis befriedigt hat. Die einzige Tochter lässt sie zum Spielball gesellschaftlicher Kräfte werden. Sie lässt Effi fallen in dem Augenblick, wo sie sie nicht mehr als gesellschaftliches Accessoire nutzen kann.

Luise glaubt, im Sinne ihrer Tochter zu handeln und ihr das Beste zu ermöglichen. Sie **handelt** aber **schändlich,** weil sie Effi nicht reifen lässt, um eine eigene Wahl zu treffen. Als dann „das Kind in den Brunnen gefallen ist", zahlt sie ihre Schuld, wahrt jedoch die Contenance. Luise gesteht sich zwar eine Teilschuld ein, eine wirkliche Einsicht aber lässt sie nicht erkennen. Sie geht nicht – wie Effi – an ihrem Schicksal zugrunde.

Effi (Ruth Leuwerik) mit ihren Eltern (Lil Dagover, Paul Hartmann) in der Romanverfilmung *Rosen im Herbst* (BRD 1955, Regie: Rudolf Jugert)

Roswitha

Die Dienstbotin Roswitha Gellenhagen ist **der gute Geist Effis.** Effi trifft sie nach dem Tod der Registratorenwitwe, bei der Roswitha beschäftigt war, und spricht sie direkt auf dem Friedhof an. Roswitha ist diejenige, die Effi in der düsteren Kessiner Zeit den Rücken stärkt und mit **selbstloser Loyalität** ihrer Herrin dient. Im Gegensatz zu Johanna und der Kruse ist Roswitha von Effi selbst ausgewählt und wird von ihr als Kinderfrau beschäftigt. Roswitha hält Effi die Treue bis in den Tod.

Roswitha mit ihrem Katholizismus ist für Effi außerdem ein **Bollwerk gegen den Spuk** (vgl. S. 128 f.). Effi, die vor Angst fast um den Verstand gebracht wird, wird durch Roswithas Nähe und deren derb-freundliche Art abgelenkt und gestärkt. Ebenso ist sie die **Alibifigur in dem Verwirrspiel mit Crampas,** wo sie als Anstandsdame die Herrin zu bestimmten Zeiten an vereinbarten Treffpunkten in Empfang nehmen soll.

Als Roswitha mit Kruse flirtet und sich auf der Dienstbotenebene das Verhältnis der Herrin zu Crampas spiegelt, bewertet Effi deren Verhalten kritisch und deutet damit indirekt ihr eigenes Schicksal voraus (vgl. S. 206).

Die als Kind und Jugendliche von ihrem Vater misshandelte Roswitha ist die **Mutter eines unehelichen Kindes,** das ihr nach der Geburt weggenommen wurde und kurz darauf bei einer Pflegefamilie starb. Ihr Vater hatte nichts Besseres zu bieten als auf die Tochter mit einer glühenden Eisenstange loszugehen; Roswitha hat diesen entsetzlichen Anschlag nie verwunden und ist **dankbar für jedes Zeichen der Liebe und des Vertrauens,** das sie tausendfach zurückgibt (vgl. S. 259).

Sie ist eine einfache Frau, die aber auch handelt, wenn es um das Wohl ihrer Herrin geht. So schreibt sie in ihrer instinktiven **Umsicht und Güte** einen Brief an Innstetten, um diesen dazu zu bewegen, Rollo nach Hohen-Cremmen zu schicken, damit der Hund als Effis Gefährte deren einsame Wanderungen begleite.

Sowohl Innstetten als auch Wüllersdorf zeigen sich beschämt ob der **Größe dieser einfachen, lieben Frau** (vgl. S. 331 f.).

Roswitha spiegelt die Herzenswärme und Güte ihrer Herrin, sie steht dieser bei, ohne auf den eigenen Vorteil bedacht zu sein, und sie stellt ihre persönlichen Ansprüche hinter die Wünsche Effis zurück.

Johanna

Anders ist es mit der **eitlen** Dienstbotin Johanna, einer ansehnlichen blonden Person, die im Gegensatz zu Roswithas Plumpheit strahlend schön wirkt und ein Auge auf ihren Herrn, auf Innstetten geworfen hat. Mit ihr hat sich Roswitha von Anfang an in Bezug auf die Gunst der Herrschaften arrangiert.

Mit **Skepsis** sieht Johanna, gewissermaßen eine Landsmännin von Effi (vgl. S. 56), auf die junge Frau, die an Innstettens Seite nach Kessin gekommen ist, und hinter Effis Rücken **tratscht** sie über deren Ängste (vgl. S. 83–89).

Von Baron von Innstetten fühlt Johanna sich besonders erkoren, als dieser ihr als Erster mitteilt, dass „die Frau nicht wiederkomme" (S. 283). Sie genießt diesen Triumph, vor allen anderen informiert zu werden. Zwar hat auch Johanna ein gutes Herz und ein gewisses Mitgefühl für Effi, ihre Herrin; sie sieht sich jedoch auch in einer gewissen Intimitätsstellung zu Innstetten. Johanna ist **Innstetten gegenüber** so **loyal** wie Roswitha es gegenüber Effi ist.

Innstetten selbst ist Johannas **„Verliebtheit"** ein Dorn im Auge; er beschwert sich bei Wüllersdorf über die Anschmachtungen des Dienstmädchens (vgl. S. 331).

Trotzdem ist und bleibt die Hausangestellte eine wichtige Größe bei der **Erziehung Annies,** denn sie bildet das Mädchen im Namen der gesellschaftlichen Konvention aus und handelt somit gegen die Mutter. Roswitha versucht hier gegenzulenken, doch nur mit mäßigem Erfolg.

Gieshübler

Dr. Alonzo Gieshübler ist der „einzige vernünftige Mensch“ in Kessin (S. 136, vgl. auch S. 58), ein freundlicher Zeitgenosse, der Effi als Einziger warmherzig in Kessin begrüßt und sie in der Folge mit kleinen Aufmerksamkeiten bei Laune hält (vgl. S. 58).

Gieshübler, Sohn einer schönen Andalusierin und eines Kessiner Apothekers, vereint in seinem Naturell die Leidenschaftlichkeit des Südländers mit der Pragmatik und Nüchternheit des hinterpommerschen Menschenschlags. Gezeichnet durch ein Leiden (er hat einen Buckel) und ein etwas skurriles Äußeres, ist er ein devoter Anhänger der gnädigen Frau, die ihrerseits den Apotheker mit der **menschlichen Seele** und dem liebenswert **bescheidenen Charme** als **wahren Freund** in ihr Herz lässt.

Gieshübler, der neben der „Mohrenapotheke“ noch ein Gewächshaus besitzt, erfreut Effi mit weihnachtlichen Spezereien und Gewächsen aus eigener Züchtung. Er schickt ihr Billets und kleine Einladungen, z. B. die zu einem Musikabend mit Marietta Tripelli, einer Freundin, die als Künstlerin Furore gemacht hat. Bald wird Effi von der Mama genarrt, dass der Apotheker, der alchimistische Freund, ihr mehr bedeute als ihr Ehemann. In seiner Herzensgüte erkennt Gieshübler, dass es der jungen Frau an **Aufmerksamkeiten und kleinen Überraschungen** mangelt. Er tut das, was eigentlich Aufgabe des Ehemanns wäre. Auch verbringt er trotz seiner zahlreichen Verpflichtungen (er ist auch noch im Stadtrat) viel Zeit mit Effi, kommt zum Tee und hilft ihr selbstlos über die einsamen Stunden hinweg. Er würde nie seine Leidenschaft für die junge Frau zeigen und sich zum Narren machen; seine Gefühle sind rein freundschaftlicher Natur und er liebt die Rätin so wie sie ist.

Auch die anderen Bewohner Kessins sind im Hinblick auf den Apotheker einer Meinung: Er ist gern gesehener Gast bei den zahlreichen gesellschaftlichen Veranstaltungen, er ist bei Innstetten und Crampas hoch angesehen und sein Urteil wiegt schwer.

Er gilt als „der beste Kerl von der Welt“ (S. 149). Selbst der alte Briest, welcher Gieshübler nicht persönlich kennt, lässt Effi diesen „Preciosaspanier“ (S. 321 f.) imitieren – was Effi jedoch ungern tut, weil sie glaubt, dem guten Gieshübler so Unrecht zu tun – und lacht sich über die gestelzte, etwas unbeholfene und gerade deswegen so sympathische Art dieses Mannes kaputt.

Gieshübler ist auch der Einzige, bei dem Effi so etwas wie eine **Beichte** ablegt. Kurz vor ihrem Weggang aus Kessin besucht sie ihn, um ihm Lebewohl zu sagen. Sie redet dabei allerlei für Gieshübler wirres Zeug, sodass dieser ratlos zurückbleibt und nichts Rechtes damit anzufangen weiß (vgl. S. 217 f.). Aber er behält Effi in guter Erinnerung, er war und ist immer ihr Freund geblieben. Als er nach Jahren vom Duell erfahren muss, beweint er die arme Frau und trauert um deren Schicksal.

In Alonzo Gieshübler spiegeln sich also – wie in Roswitha oder auch in Dr. Rummschüttel und Pastor Niemeyer – **das wahre Menschsein, die Güte und die Toleranz gekoppelt mit menschlicher Größe und Empathie.** Wäre der warmherzige Apotheker nicht gewesen, wäre die Leere in Effis Leben noch offenkundiger geworden und ihre Unzufriedenheit hätte sich noch deutlicher gezeigt.

Weitere Nebenfiguren

In Hohen-Cremmen sorgen u. a. Pastor Niemeyer, dessen Tochter Hulda sowie die mit Effi befreundeten Zwillinge Hertha und Bertha für eine warmherzige und harmonische Atmosphäre.

Dagegen steht die Kessiner Gesellschaft, deren ironisch überzeichnete Borniertheit am deutlichsten Sidonie von Grasenabb repräsentiert. Innstettens Freund und Kollege Wüllersdorf spielt eine wichtige Rolle im Zusammenhang mit dem Duell.

Fast eine Nebenfigur ist der Hund Rollo, der eine einzigartige Affinität zu Effi hat. Wie seine Herrin nimmt er den Spuk wahr; über die Kessiner Zeit hinaus bleibt er Effis vertrauter Gefährte.

Figurenkonstellation

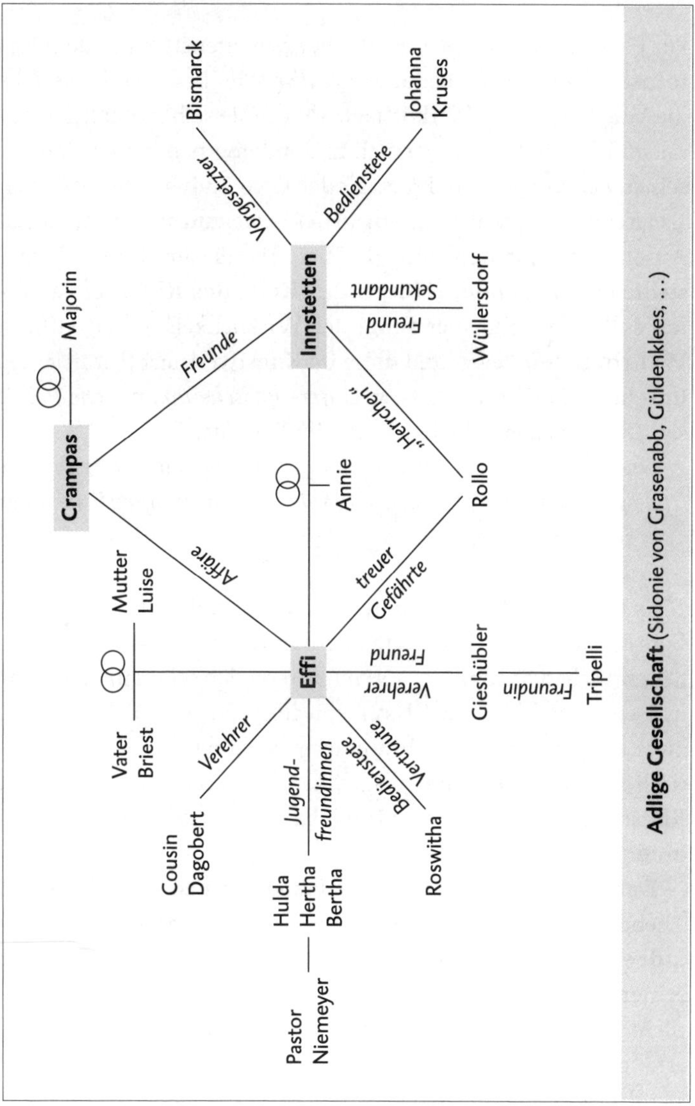

2 Fontane und der Roman des „Poetischen Realismus“

Für Fontane, der erst jenseits der Fünfzig intensiver mit dem Romanschaffen begann, bedeutete *realistisches* Erzählen keinesfalls die Wiedergabe der Wirklichkeit so, wie sie sich später im Naturalismus darstellte. Er war sich mit anderen namhaften Epikern seiner Zeit wie Gustav Freytag oder Otto Ludwig, die sich auch als Literaturtheoretiker innerhalb der Bewegung programmatisch Ansehen verschafften, einig darüber, dass das im Roman Dargestellte die **ordnende, „läuternde“ Kraft des Künstlers** erfahren sollte. Der Künstler sollte der Wirklichkeit die eigentliche **Wahrheit** unterlegen und diese im Kunstwerk sichtbar machen. In seinem Realismus-Aufsatz *Unsere lyrische und epische Poesie seit 1848* aus dem Jahr 1853 schreibt Fontane:

> *Der Realismus will nicht die bloße Sinnenwelt und nichts als diese; er will am allerwenigsten das bloß Handgreifliche, aber er will das Wahre.*

„Das Wahre“ bedeutet dann folglich die grundlegende, alles präfigurierende, in der Dichtung offenkundig werdende Systematik der göttlichen Schöpfung, deren Existenz sich schon in dem idealistischen Weltbild der Klassik spiegelte. Für die Dichter in der zweiten Hälfte des 19. Jahrhunderts bedeutet dies programmatisch, künstlerisch weiter ausgeführt, die durch den Künstler im Kunstwerk verdeutlichte **Sinngebung,** das **Sichtbarmachen einer Struktur** im Roman.

Der Schriftsteller, Publizist und Literaturtheoretiker Friedrich Theodor Vischer (1807–1887) bezeichnete dieses Konzept als **„Ideenrealismus“:** Alles geschieht mit einem Ziel, alles hat seinen Zweck, kann aber durch das Zufällige und Überlagernde nicht aus allen Zusammenhängen erschlossen werden. Deshalb arrangiert der Künstler seine fiktive Welt so, dass diese Struktur sichtbar wird und die in der Wirklichkeit so nicht auszumachenden Zusammenhänge offenkundig werden. Die Kunst soll das Alltägliche verklären; sie soll nicht das Hässliche, Gemeine darstellen, sondern das Sublimierte, Schöne. In ihren Werken sollen die Künstler die zeitgenössischen Ideale des Kaiserreichs zum Ausdruck bringen und mit dem Alltag der Menschen verbinden.

Fontane jedoch überwindet dieses bürgerliche, ja typisch wilhelminische Glaubensbekenntnis, indem er die gesellschaftlichen Werte und Normensysteme nicht mehr uneingeschränkt propagiert, sondern sie **kritisch** dem **Prüfstein der Humanität** aussetzt. Erzählerkommentare wie „Arme Effi“ (S. 79, 337) drücken die ironische **Distanz,** das **Mitleid,** aber auch die tiefe **Menschlichkeit** aus, die Fontanes Werk prägen.

Zum Ausdruck kommt diese von **Empathie** geprägte Haltung auch, wenn **Humor** und **Ironie** eingesetzt werden, um jenseits der Handlungsebene der durch den Erzähler eingebrachten übergreifenden distanzierten Reflexion eines Konflikts Raum zu geben, bei der die Handlungsweisen der Figuren kritisch beurteilt werden. Man erinnere sich hier an die Episoden in *Effi Briest,* in denen der Gesellschaft der Spiegel vorgehalten wird, um Borniertheit und überzogenen Standesdünkel zu demaskieren, wie dies z. B. in der „Ringepisode“ deutlich wird (vgl. dazu *Interpretationshilfe,* S. 78 f.): Die rigide, einem überholten Ehren- und Sittenkodex verhaftete Gesellschaft orientiert sich an ihren verstaubten Idealen ohne Rücksicht auf Verluste. Selbst als Innstetten erkennt, dass das Duell im Grunde Unsinn ist, beharrt er auf dem „Gesellschafts-Etwas“, das ihn zwingt, so grausam Rache zu nehmen (vgl. dazu *Interpretationshilfe,* S. 80 ff.).

So werden bei Fontane die Ursachen für Konflikte und Handlungsmotivationen **polyperspektivisch** dargestellt, wie in *Effi Briest* z. B. die Diskurse zwischen Innstetten und Wüllersdorf sowie die Diskurse auf der „Dienstbotenebene“ beweisen. Darüber hinaus werden in den zahlreichen ausführlichen Gesprächen der Eltern Effis die Handlungsweisen der Eheleute Geert und Effi auf verschiedenen Ebenen und auf der Grundlage unterschiedlicher Auffassungen beurteilt.

Die **Dialoge** spielen bei Fontane eine wichtige Rolle im Hinblick auf das Darstellen der individuellen Positionen, die alle für sich sprechen und erst in ihrer Gesamtheit und in Verbindung mit dem Kommentar des Erzählers zu einer Auseinandersetzung seitens des Lesers führen. Er kann wählen, welcher Position er sich anschließt und welche er abweist. Auch gehören diese Gespräche unabdingbar zu der fiktiven Konstitution der Welt des Romans, denn nur so wird die „Welthaltigkeit" des Erzählten überhaupt möglich und das fiktive Geschehen glaubhaft, nachvollziehbar. Durch das vom Autor konzipierte und vom Erzähler transportierte Bild der möglichen Welt, die eine Gegenwelt zu der realen darstellt und sie trotzdem so realistisch wie möglich suggeriert, ergibt sich eine eindrucksvolle Spannung. Wir als Leser messen das Gelesene mit und an unseren Erfahrungswerten und lernen aus den Abweichungen. Nur so nähern wir uns einer möglichen Deutung.

Der **Erzähler,** der noch genauer zu untersuchen sein wird (vgl. *Interpretationshilfe,* S. 57 f.), spielt als **Arrangeur** der Dinge eine wichtige Rolle: Er präsentiert das Geschehen und dessen Ablauf (hier: die Chronologie eines Menschenlebens), indem er die handelnden Personen von außen beschreibt, sie in den verschiedenen Situationen charakterisiert, ihr Handeln durch ihre Gedanken und Empfindungen motiviert, aber auch das Geschehen selbst aus vielfältigen Perspektiven vorstellt und gewichtet. So hat man stellenweise den Eindruck, dass der Erzähler verschwindet, wenn die Dialogpartner ohne Kommentare der ordnenden Instanz in beinahe dramatischer Spannung präsentiert werden. Diese szenisch-dialogischen Verfahren, die dem Leser suggerieren, ganz in das Geschehen involviert zu sein, werden unterbrochen von reflektierenden oder beschreibenden, von kommentierenden oder bewertenden Äußerungen.

Für Fontane bedeutet das *realistische* Erzählen aber auch, dass die Fiktion als Arrangement der Einzelteile des Romans, die in sich – im Kosmos der Gesamterzählung – schlüssig sein müssen, zu einem **harmonischen Ganzen** wird. Die erzählerischen Elemente müssen einerseits alle der inneren, konstruierten Logik der Erzählung entsprechen, andererseits aber scheut er sich auch nicht, direkt wertend einzugreifen („Arme Effi!“, S. 79, 337). Kompositorische Brüche werden geglättet durch Erzählerkommentare, Erklärungen, Rückblicke oder einmontierte zeitgleiche Reflexionen. Dabei können Auseinandersetzungen zwischen handelnden Figuren sehr wohl eine solche, die Handlung reflektierende Funktion übernehmen (wie beispielsweise die immer wiederkehrenden Auseinandersetzungen der Eltern Effis).

Theodor Fontane bedient sich eines raffinierten Repertoires von **Vorausdeutungen,** die beim ersten Lesen gar nicht auffallen, im Nachhinein aber das Durchkomponierte des Werkes bis ins letzte Detail nachvollziehbar machen. Einige Beispiele sollen später dieses Verfahren belegen (vgl. *Interpretationshilfe,* S. 60 f.).

Fontane greift zu **strukturierenden Motiven,** die den Ehebruch anklingen lassen: in der alten Beziehung Innstettens zu seiner Schwiegermutter Luise, im Schicksal des Crampas, der sich schon einmal wegen einer Frau duelliert hatte, im Chinesenspuk etc. Alle diese Hinweise lassen den eigentlich nicht besonders originellen Konflikt des Romans als besonderen, aber auch als allgemein menschlichen erscheinen und zeigen drastisch, was mit einem Menschen geschieht, der sich wie Effi vom gesellschaftlich vorgegebenen Wege entfernt. Effi fällt aus dem sozialen Netzwerk heraus und stirbt mit gerade einmal 29 Jahren.

Ebenso beinhalten die **Räumlichkeiten,** die realiter so nicht existieren, aber so hätten existieren können, in ihrer Fiktionalität doch reale Ursprünge, sind doch zum Beispiel Effis Aktivitäten in Berlin topographisch nachvollziehbar. Aber Fontane legt keinen Wert darauf, dass man mit dem Stadtführer in der Hand die

Wege Effis abläuft. Die Räume als solche sind für ihn und sein Sprachrohr, den Erzähler, mehr als realistisch beschriebene Lokalitäten, weil sie Seelenräume darstellen und ähnlich wie die Natursymbolik verschlüsselte Hinweise bezüglich der Seelenlage des Individuums bereit halten. Auf alle diese kompositorischen Aspekte des Romans wird noch detaillierter einzugehen sein (vgl. *Interpretationshilfe,* S. 57 ff., 68 ff.).

Fontanes Auffassung vom Poetischen Realismus hat also eine **durchkomponierte fiktive Welt** zur Folge, die so sein könnte, aber realiter so nicht ist. Zwar weist sie auf der Handlungs- und Konstellationsebene eine Fülle von Ähnlichkeiten mit der wirklichen Welt auf, zwar ist sie wahrscheinlich – aber sie ist und bleibt eine durch eine übergeordnete Erzählerinstanz gestaltete und dadurch auch nur in der Fiktion existierende Welt, die auf die **Vermittlung von Wahrheit(en)** zielt und aus dem scheinbar so möglichen Geschehen bestimmte **Einsichten** ableitet.

Durch den Erzähler wird der Leser quasi an die Hand genommen und erlebt sowohl die unmittelbare als auch die durch den Erzähler und seine Haltung gefilterte Realität des Romans. Das Ende der Geschichte zum Beispiel mag nicht jedem Leser behagen: Effi stirbt versöhnt mit ihrem Schicksal. Gewünscht hätten wir uns vielleicht noch Rache an Innstetten, an den Eltern, an der Gesellschaft. Doch **Theodor Fontane** ist kein Revolutionär, er **will aufzeigen, nicht verändern,** und er will vor allen Dingen ein harmonisches Ende seines Werks, einen tragischen und dennoch schönen Abschluss, der das bestehende gesellschaftliche System nicht unterminiert, sondern ihm eine verklärende Dimension im Bereich der Fiktionalität eröffnet, die als poetische Lösung des Konflikts akzeptabel ist.

3 Erzählhaltung, Sprache, Aufbau, Vorausdeutungen

Erzählhaltung

Effi Briest ist eine chronologische Erzählung, in der die wichtigsten Etappen im Leben der jungen Frau erzählt und in epischer Breite dargestellt werden.

Die wichtigsten Etappen sind aber nicht etwa Ereignisse wie eine Hochzeit oder eine Trennung. Theodor Fontane, oder besser sein **auktorialer Erzähler,** der über den Dingen steht und eine eindeutige Sympathie für die Protagonistin hegt, behandelt die **äußere Handlung** in der gebotenen **Kürze** – durch Zeitsprünge, Raffungen oder ganz kurze Verweise, welche die Kontinuität wahren. Wichtig sind ihm **Reflexionen** über die Dinge selbst, die Offenbarung von **Seelenzuständen** und die Beschreibung von Menschen und Räumen, in denen **Stimmungen** sich spiegeln und erklärbar werden.

Lebendig wird der Roman dank seiner vielen **Dialoge,** die szenisch-dramatisch das Geschehen vergegenwärtigen und so den Leser zum Zeugen einer Begebenheit werden lassen, die von den Beteiligten selbst unmittelbar gestaltet wird. Der Erzähler tritt hier scheinbar ganz in den Hintergrund.

Dadurch, dass der allwissende Erzähler Zugang zu den Briefen der involvierten Personen besitzt, dass er unabhängig von Zeit und Ort die Hintergründe, Kommentare, Meinungen und Ansichten aller Figuren wiedergeben und auch kommentieren kann, nimmt er eine **bewusste Lenkung des Lesers** vor, der mit der Protagonistin Mitleid, ja freundliche Sympathie empfinden soll. Unterstützt wird dies durch ein **manchmal personales Erzählverhalten,** das sich ganz auf die gerade agierenden oder reagierenden Romanfiguren bezieht und deren Sicht eindringlich vermittelt (vgl. etwa S. 195 f., 280 f.). Indem wir Liebe und Leid der Effi miterleben, **sympathisieren,** ja **identifizieren** wir uns zum Teil mit ihrem Schicksal, das für uns so eindeutige Ungerechtigkeiten birgt. Wir müssen uns hüten, die anderen Personen ungerecht zu beurteilen, da wir so einseitig „an die Hand genommen“ werden, dass die distanzierte Betrachtung teilweise auf der Strecke bleibt.

Die Adoleszenz, die Jahre als verheiratete junge Frau und die Monate des langsamen Sterbens der Effi werden auch durch die **Räume** gespiegelt, in welchen sie sich befindet und die zu **Seelenlandschaften** werden. Hohen-Cremmen, das Idyll der Kindheit und der Jugend, bildet den Rahmen, denn es wird am Schluss das Refugium der todgeweihten Effi. Dazwischen befinden sich Kessin mit seinem bedrohlichen Spukhaus und das umso freier und glänzender geschilderte Berlin, das kurz den Blick nach Bad Ems lenkt, um Effi, angeschlagen und krank, dort am Ort der Genesung endgültig ins Aus zu stürzen. Durch Fontanes topographische Genauigkeit, am Beispiel der Berlin-Schilderungen belegbar, werden die Situationen andererseits aber auch wieder realistisch und nachvollziehbar eingebettet.

Sprache

Der Autor verwendet die **gepflegte Gesellschaftssprache des 19. Jahrhunderts,** die sich durch komplexe syntaktische Konstruktionen sowie eine an der Hochsprache orientierte Diktion auszeichnet. Die Verwendung von Umgangssprache kommt für Fontane nicht in Frage, spiegelt sie doch die Zustände / Gemütslage der niederen Schichten wider, die nicht im Zentrum seiner Aufmerksamkeit standen. Selbst Roswitha bedient sich einer, zwar vereinfachten, Hochsprache und berichtet kohärent, sachlogisch und grammatisch weitgehend korrekt über ihre Vergangenheit (vgl. S. 128). Ihre mangelhafte schriftliche Kompetenz zeigt jedoch ihr Brief an Innstetten – das verdeutlicht, dass wahre Menschlichkeit nicht unbedingt mit Bildung verbunden sein muss (vgl. S. 331). Nur Kruse verwendet einen restringierten Wortschatz und zeigt dialektale Einfärbungen (vgl. S. 202).

Fontanes **Sprache** ist **bildreich** und treffend, die Beschreibungen sind detailliert und stellenweise, wie sich besonders bei seiner ironischen Zeichnung der Gesellschaft zeigt, mit einem Schuss **Humor** und **kritischer Distanz** versehen. Das zeigt sich gerade in Bezug auf die „Nicht-Sympathieträger" wie Sidonie von Grasenabb oder auch Johanna.

Der Humor sowie die Kommentierung und die psychologische Introspektion in Bezug auf Effi zeigen sich gerade in den **Dialogen zwischen ihren Eltern,** die nicht selten mit dem ungewissen „weiten Feld", Briests Lieblingssentenz, schließen, welche Auftakt für weitere Unterhaltungen oder auch abschließender, unabänderlicher und nicht weiter zu lösender Schlussakzent ist. So werden diese Unterhaltungen zu **Zäsuren** im Geschehen, sie dienen der Bestandsaufnahme in Bezug auf die zurückliegenden Ereignisse und der Erwartung der Dinge so wie sie sein könnten. Die Gespräche haben **gliedernden Charakter,** sie beschäftigen sich – offen oder verdeckt – immer mit dem Wesentlichen, das Effi gerade beschäftigt, und sind somit Schlüssel zum vertieften Verständnis der Situation, in der sich die Heldin und ihr Umfeld befinden.

Auch **Briefe** spielen eine zentrale Rolle im Roman, weil sie die Schlüsselstellen markieren; so der Brief Effis an ihre Mutter, als sie den neuen Landwehrbezirkskommandanten erwähnt, der Brief der Briests an Effi nach Ems, der Brief Roswithas an Innstetten und das Telegramm des alten Briest „Effi komm".

Briefe, Dialoge, narrative Passagen, Beschreibungen, Schilderungen und Kommentare werden montiert zu einem in sich schlüssigen und lebendigen Erzählganzen, das sich so hätte zutragen können. Die das Netz der Erzählung durchwirkenden Motive – man erinnere sich an die „Tochter der Luft", an das Schaukelmotiv oder an den Spuk – verweisen, deuten, kommentieren und erklären ihrerseits das Geschehen und die Entwicklung der Charaktere (vgl. *Interpretationshilfe,* S. 62 ff.).

Aufbau

Der Roman ist **chronologisch** aufgebaut; die Gliederung ist **linear** und sie orientiert sich am Leben der Protagonistin Effi (vgl. Schaubild *Interpretationshilfe,* S. 24).

Die Handlung setzt ein mit der Verlobung Effis, die für die 17-Jährige der Auftakt für ein bewegtes Leben wird. Die einzelnen Lebensstationen sind durch die verschiedenen Räume voneinander abgegrenzt (Hohen-Cremmen, Kessin, Berlin, Hohen-Cremmen → **Symmetrie, Ring- bzw. Rahmenstruktur**).

Hohen-Cremmen, die Stätte der Kindheit und Jugend Effis, bildet den Ausgangspunkt des Romans. Kessin ist die entscheidende zweite Station: Für Effi werden nun neben ihrer Rolle als Ehefrau und Repräsentantin die Rollen als Mutter und Geliebte relevant. Die dritte Station im Leben der Heldin, Berlin, ist von einem einzigen Ereignis geprägt: der Entdeckung der Briefe, die den Abstieg Effis einläutet. Berlin wird zum Schauplatz von Effis persönlicher Katastrophe. Nach Hohen-Cremmen kehrt Effi nach ihrer gescheiterten Ehe zurück, wo sie – versöhnt mit ihrem Schicksal – stirbt.

Vorausdeutungen

Ein ganzes Netz von Vorausdeutungen verweist bereits früh auf das tragische Romanende. Einige wesentliche seien hier erwähnt.

Schon ganz zu Beginn, als die Zwillinge mit Effi und Hulda die Stachelbeerschlusen „beerdigen", wird das **Untreuemotiv** angesprochen (S. 16). Das an sich bedeutungslose Geschehen wird mit dem drakonischen Strafmaß des Ertränkens von Ehebrecherinnen in Verbindung gebracht. Abgeschwächt, aber nicht weniger eindringlich wird sich einmal Effis Schicksal darstellen.

In diesem Zusammenhang erscheint auch das **Wassermotiv,** das später entfaltet wird. Wasser (Meer, Regen) spiegelt immer wieder die Stimmungen der Protagonistin, ihre jeweilige Gefühlslage: wild und leidenschaftlich wie die Wogen des Ozeans, verzehrend wie der Schloon oder milde und todgeweiht wie der zarte Nieselregen, der auf Effis geliebte Platanen niedergeht (vgl. S. 155, 184, 340). Hier zeigt sich Effis natürliche Verstrickung mit dem Elementaren, das in allen Phasen ihres Lebens wie ein Barometer ihre jeweilige Befindlichkeit spiegelt.

Ebenso deutet das kleine **Theaterstück** *Ein Schritt vom Wege* (vgl. S. 167) eindeutig/mehrdeutig die kommende (Ehebruchs-) Handlung an, denn Effi agiert als Schauspielerin in einem von Crampas als Regisseur inszenierten Weihnachtsspiel. Was bis jetzt noch „Spiel" ist, wird sich sehr bald in Ernst verkehren. Aber auch hier zeigt sich, dass Crampas ihr schon längst das Ruder aus der Hand genommen hat, indem er beginnt, mit Effi und ihren Gefühlen zu spielen (vgl. S. 167).

Sie hat nie gelernt, die Verantwortung für ihr Leben selbst zu übernehmen. Das **Gedicht** über die *Gottesmauer* (S. 174 f.) zeigt ihren verzweifelten Versuch, sich gegen die Versuchung zu wappnen. Anhand dieser einfachen Zeilen werden Effis Ausweglosigkeit und Einsamkeit, ihre Hilflosigkeit und Naivität deutlich.

Effi macht zu diesem Zeitpunkt eine **Krankheit** zu schaffen. Die vom Arzt verordnete Therapie wird für Effi sprichwörtlich, indem ihr die Krankheit den Freiraum gibt, Crampas zu treffen. Sie wird ihr aber auch zum Verhängnis. Die zweite, entscheidende Kur in Bad Ems wird Effis Schicksal besiegeln.

Ebenso wird das **Duell** schon recht früh im Buch vorweggenommen. Nicht nur der Hinweis auf Crampas' Verletzung, die ihm während einer Auseinandersetzung um eine Frau zugefügt worden war (vgl. S. 121), auch die Bemerkung von Vetter Dagobert in Berlin, der Innstetten während eines Besuchs in Berlin scherzhaft fordert, deuten auf das tödliche Ende hin (vgl. S. 208).

Crampas wird nach Effis Umzug nach Berlin nicht ganz vergessen, erfährt sie doch während einer Reise nach Rügen von einem **Ort namens „Crampas"**, den sie keinesfalls in der Gegenwart Innstettens erwähnt haben möchte (vgl. S. 242 f.).

4 Zentrale Motive

Das Spukmotiv

Der **Chinesenspuk,** den Fontane selbst in seinem Briefwechsel als den **„Dreh- und Angelpunkt" der ganzen Geschichte** bezeichnet hat, durchzieht den Roman wie ein roter Faden.

Als Effi im Spätherbst nach ihrer Heirat in Kessin ankommt, empfindet sie schon die Natur als schauerlich: das Tosen des Meeres, die Farben der Dünen und des Seegrases, die Gewaltigkeit des Himmels. Da erwähnt Innstetten scheinbar ganz beiläufig auf dem Weg ins landrätliche Haus die Geschichte des Chinesen, der in eine irgendwie tragische Liebesgeschichte mit der Enkelin eines ihm freundschaftlich verbundenen Kapitäns verwickelt war und dies mit dem Leben bezahlen musste. Eindrucksvoll wird die **problematische Beziehung zwischen Mann und Frau** im „Chinesenspuk" motivisch umgesetzt, denn hier wird eine ungeheuerliche und letztlich ungeklärte Liebesgeschichte mit dem Leben Effis direkt in Verbindung gebracht. Es wird nie geklärt, ob der Chinese der Liebhaber der jungen Frau, die an ihrem Hochzeitsabend verschwindet, gewesen ist und ob er sie und sich selbst getötet hat (vgl. S. 97 f.). Diese bewussten **Ambivalenzen** machen den Spuk erst interessant und geben jedem die Möglichkeit, irgendetwas „hineinzuinterpretieren". Effis Affäre in ihrer Zweideutigkeit (hat sie Innstetten je „richtig" betrogen?) ist hier vorweggenommen. Auch begegnet Effi so die **tragische Liebe,** die sie später erleben wird. Andererseits hat der Spuk auch etwas **„Apartes",** das Effi und Innstetten so schätzen (vgl. S. 26, 151 f.).

Effi erleidet Höllenqualen in dem ihr **unheimlichen Haus,** zu dem neben dem unbewohnten Obergeschoss, in dem nachts die Gardinen über den Boden schleifen, auch ausgestopfte exotische Tiere und ein Chinesenbildchen gehören. Letzteres wird später von Johanna mit nach Berlin genommen. Dem wird Effi mit einem Heiligenbild aus Roswithas Besitz begegnen (vgl. S. 240).

Das unheimliche Ambiente des Hauses, gekoppelt an die vieldeutige Chinesengeschichte, beflügelt Effis ohnehin schon lebhafte Fantasie. Zufällig findet sie in einem Buch aus Innstettens Leutnantstagen die **Geschichte einer weißen Frau** – das bringt das Fass zum Überlaufen (vgl. S. 80 ff.).

Innstetten hält bewusst an dem Spuk fest und vermeidet es tunlichst, seine Gemahlin aufzuklären. Effi ist mit der Situation heillos überfordert. Erst durch die Gespräche mit Crampas wird ihr bewusst, dass der Spuk ein „Angstapparat aus Kalkül" ist, ein „Cherub mit dem Schwert" (S. 154 f.), der sie in Schach halten und gefügig machen soll. So wird der an und für sich harmlose Spuk zum **Erziehungsmittel** umfunktioniert und dient als **patriarchalische Gewaltknute,** mithilfe derer Effi unterdrückt und beherrscht wird. Innstetten, der „Erzieher", instrumentalisiert die Chinesengeschichte, um seine Frau auch während seiner Abwesenheit psychologisch unter Druck zu setzen. Hier wird eheliche Partnerschaft unmöglich, die dahinter steckende Schäbigkeit augenscheinlich. Mangelnde Güte und fehlende Nachsicht (vgl. S. 116) weisen Geert als emotional kalten und letztlich vereinsamten Menschen aus, der so auf einer niedrigen, geradezu gemeinen Ebene die ihm vertrauende Effi betrügt und verletzt.

Es mutet geradezu makaber an, dass Effi den Spuk letztlich doch etwas **wehmütig** betrachtet, denn diese Geschehnisse verbindet sie noch mit den **Zeiten ihrer Unschuld, ihrer jungmädchenhaften Fantasien und Sehnsüchte.** „Spuk ist lange nicht das Schlimmste" (S. 262), stellt sie im Nachhinein fest. Die Ernüchterung über ihre Situation nach der Entdeckung des Ehebruchs lässt keinen Platz mehr für Fantasien, für den Spuk: Aus der lebensfrohen, mit der ganzen Bandbreite der Gefühle ausgestatteten Effi ist ein krankes, einsames und verbittertes Menschenkind geworden, das sich wehmütig an diese Quälereien erinnert, weil sie von einer Zeit künden, in der ihre Welt – wenn auch nur scheinbar – noch in Ordnung war (vgl. S. 303).

Der Spuk

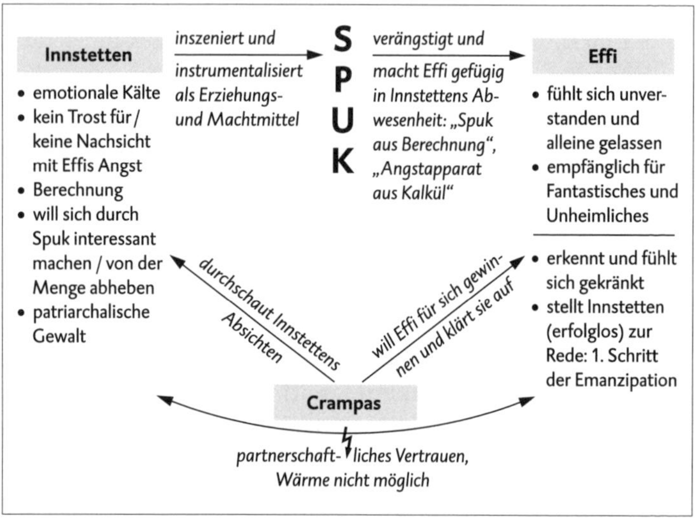

D as Schaukelmotiv (Effi als „Tochter der Luft“)

Effi liebt ihre **Schaukel** über alles. Sie mag das Gefühl der **Gefahr,** dass alles jederzeit unter ihr zusammenbrechen könnte, sie schwebt mit ihr in den Himmel und fühlt sich **frei.** Während ihrer Besuche in Hohen-Cremmen „gönnt“ sich Effi immer wieder einmal eine Schaukelrunde, um für einen Moment abzuheben und das Glück der Kindheit noch einmal erleben zu dürfen (vgl. S. 136 f.). Damals hatte das riskante Spiel keine Konsequenzen, es war zweckfrei und bereitete eine echte Freude.

In Kessin wird die heiß geliebte Schaukel dann zum Schaukelstuhl, von dem aus sie Crampas wahrnimmt, als er ihr seine Aufwartung macht (vgl. S. 140 ff.). Der **Schaukelstuhl** ist nur ein Abklatsch der Schaukel, er ist erdgebunden und bietet nicht das Prickeln, das normalerweise mit dem Schaukeln verbunden ist. Aber er bewegt sich, er hebt sekundenweise ab und erinnert Effi an ihre Freiheit und das süße Gefühl der Gefahr (vgl. S. 136 f.).

Dieses Spiel mit dem Feuer, das Effi so sehr liebt, bringt die Mutter dazu, sie ein wenig scherzhaft als **„Tochter der Luft"** zu bezeichnen, die „Kunstreiterin" hätte werden sollen (S. 9). Hier wird deutlich, dass Luise sehr wohl erkennt, dass der prinzipientreue, bodenständige Innstetten (vgl. S. 39) und die unstete Effi keine guten Startchancen haben. Zu gegensätzlich sind die Charaktere und die in beiden angelegten Lebensentwürfe.

Als Effi ganz am Ende wieder in Hohen-Cremmen weilt und der Tod sich langsam ankündigt, glaubt Pastor Niemeyer feststellen zu können, dass Effi immer noch die Alte sei. Effi hingegen hat das Schaukeln nur noch einmal versuchen wollen – aber die Vorzeichen haben sich drastisch geändert. Statt des wankelmütigen, freiheitsliebenden, waghalsigen, der Langeweile entfliehenden Kindes sitzt da eine desillusionierte Frau, die nur noch einmal, im Angesicht des Todes, dieses Losgelöstsein hat spüren, diese Ahnung von Freiheit hat wahrnehmen wollen (vgl. S. 325).

Das Reise- bzw. Zugmotiv

Züge spielen in Effis Leben eine wichtige Rolle. So reist sie zusammen mit Geert im Rahmen der Hochzeitsreise nach Italien; sie **entfernt** sich immer weiter von ihrem Ursprung in Hohen-Cremmen, ist immer mehr angewiesen auf die Erklärungen und Hilfen ihres Mannes. Gerade deshalb entwickelt sie schon sehr früh die Sehnsucht, nach Hause zurückzukehren, weil sie sich auch immer weiter von sich selbst **entfremdet** (vgl. S. 47 f.).

Zurück reisen die Eheleute dann nach Kessin, dem endgültigen Ort ihres zukünftigen Lebens; nur die Bahngleise, die sich im weiten Horizont verlieren, zeigen Effi noch an, wo ihre ehemalige Heimat ist (vgl. S. 102). Sie hat Tränen in den Augen, als sie während einer kleinen Spritztour zusammen mit Innstetten den Zug vernimmt, der bei gutem Wind viele Stunden später auch in Hohen-Cremmen gehört werden kann (vgl. S. 102). Die **Sehnsucht** übermannt sie immer wieder (vgl. S. 126).

Der Zug bringt sie aber auch immer wieder in das Leben zurück, nach Hohen-Cremmen oder nach Berlin, wo sie endlich in Freiheit leben kann (vgl. S. 234). Ihre letzten Ausflüge daheim in Hohen-Cremmen führen sie an den Bahndamm, wo sie sitzt und den Zügen wiederum hinterherschaut (vgl. S. 336).

Die ewig reisende, erst ganz am Schluss am Ziel ankommende Effi hat somit zu den Zügen, zum Reisen selbst ein ambivalentes Verhältnis. Einerseits zeigt sich in den an- und abfahrenden Zügen ihre **Sehnsucht nach Weite und Abenteuer,** andererseits symbolisieren sie auch **Verlust und Abschied.**

Die Natur als Seelenlandschaft

Im Roman ist die Natur eine Größe, welche die jeweilige Befindlichkeit der Protagonistin Effi widerspiegelt.

Die Natur in **Hohen-Cremmen** ist zunächst eine augenscheinlich domestizierte Natur: Das Rondell zeigt sich mit seinen gepflegten Rabatten; der Heliotrop, die alten Platanen, der sich am Seiteneingang rankende Efeu und auch der wilde Wein sowie der Teich (im ersten, expositorischen Abschnitt des Romans detailliert beschrieben) ergeben ein idyllisches Bild.

Schaut man aber etwas tiefer, in das der Makrostruktur des Textes unterlegte Substrat oder in die zweite Ebene, erkennt man in dieser „gestalteten" Landschaft auch das Natürliche, das Ursprüngliche, das seinen Platz behält und, übertragen auf Effi, ihre Persönlichkeit reflektiert: In dieser Umgebung fühlt sie sich frei, hier ist sie glücklich, hier kann sie sich entfalten.

Die Leidenschaft und das Ursprüngliche, das Effis Wesen anhaftet, wird offenkundig in dem Lockruf der Mädchen inmitten des wilden Weins, „Effi komm", dessen Bedeutung Innstetten zunächst nicht errät; er deutet diesen Ruf aber als Zeichen und vergisst ihn nie (S. 20). „Effi komm" lautet später auch die Aufforderung des alten Briest, die er telegrafiert (S. 321), als seine Tochter siech und einsam in Berlin sitzt und vor Sehnsucht vergeht. Effis Leichtsinn und auch die heimatliche Geborgenheit spiegeln sich in diesem ambivalent verwendeten Diktum wider.

In **Kessin** verwandelt sich die Landschaft, vom Meer geprägt, in eine schroffe, unwirtliche. Sie zeigt auf der einen Seite die Kälte, die Effi seitens der Kessiner Gesellschaft erfährt, sie steht aber auch in einem klaren Gegensatz zu dem heimeligen und gemütlichen Hohen-Cremmen.

Der Garten des landrätlichen Hauses ist ungepflegt und verwildert, das Haus liegt außerhalb des Dorfes, die vorbeiführende Straße mündet geradewegs in den Dünen, im Nirgendwo. Die Einbahnstraße der Gefühle, Effis Ausweglosigkeit zeichnet sich ab. Der emotionale Ausbruch aus dem Innstettenschen Hause ist unabwendbar. Die aufkeimende Leidenschaftlichkeit, ausgedrückt im Rauschen des Meeres, in der Intensität der Naturgewalten – man denke an den „Schloon“ (S. 183 f.) und an die langen, dunklen, unheimlichen Wintermonate mit den Stürmen –, wird so eindrucksvoll gespiegelt. Nicht umsonst finden die Treffen zwischen Crampas und Effi am Strand im Herbst und Winter statt, das tosende Meer und die Eiseskälte unterstreichen atmosphärisch die verbotenen leidenschaftlichen Zusammenkünfte. Eine einsame Fischerhütte wird Schauplatz dieses beschränkten, geborgten Glücks auf Zeit, dessen Entdeckung die Beteiligten jederzeit ins Verderben stürzen kann (vgl. S. 269). Schauplatz und Natur drücken hier Effis weiteste Entfernung von all dem aus, was ihr als „Gut und Richtig“ im moralischen Sinne anerzogen worden war; die Fischerhütte ist das ärmlichste, unvorstellbarste Ambiente für die adlige höhere Tochter und könnte schändlicher nicht sein.

In **Berlin** dann ist die Natur wiederum eine domestizierte, der Hang zum „Aparten“ wird ausgedrückt durch die Nähe zum Park und zum botanischen Garten, von welchem die Stimmen exotischer Vögel, wohl verwahrt in ihrer Voliere, zu hören sind. An diesem Ort scheint Effis Natur gezähmt, sie hat sich in ihr neues Leben gefunden und die Leidenschaften bezwungen, sie ist „über den Berg“ (S. 249). Ihr Verlangen, ab und an auszubrechen, wird in Hohen-Cremmen gestillt, wo Effi gerne am Fenster in den für sie hergerichteten Zimmern sitzt und dem Regen lauscht. Das Tosen des Meeres, die Gischt der Gefühle hat sich verfeinert, beschränkt – die ehemalige Leidenschaft ist nur noch zu spüren im leisen Rauschen des Windes und im feinen Regen, der auf die Platanen niederfällt. Gefühle werden nur noch in sublimierter Form deutlich.

Die Sehnsucht nach Freiheit in der Natur wird bei Effi jedoch zunehmend stärker, als sie nach ihrem „Fehltritt“ endlich nach **Hohen-Cremmen** zurückkehrt. Sie unternimmt lange, einsame Wanderungen, auf denen nur der Hund Rollo sie begleitet, sie ist viel draußen und sitzt oft am offenen Fenster (vgl. S. 335 f.). Ihren heftigen letzten Krankheitsschub holt sie sich in der zugigen Nachtluft, als sie nach dem Sternenhimmel schaut und die Welt in einem einsamen Entgrenzungsversuch hinter sich lässt. Versöhnt stirbt sie, heimgekehrt und vereint mit ihrem geliebten Hohen-Cremmen, wo sich die weiße einfache Marmortafel mit ihrem Namen stilvoll in das Gesamtambiente einfügt.

5 Raum- und Zeitgestaltung

Gleichsam strukturell dem Roman unterlegt ist ein Geflecht von **Räumen,** die Effis Befindlichkeiten spiegeln und ihre Seelenlage verdeutlichen (vgl. Schaubild *Interpretationshilfe,* S. 24).

Die weiten, atmenden Räume sind zunächst auf das elterliche Gut **Hohen-Cremmen** hin ausgerichtet. Hier ist Effi verwurzelt, glücklich und frei, hier findet sie immer wieder Trost und Freude, hierhin kehrt sie gerne zurück, denn Hohen-Cremmen ist ihr Zuhause und verkörpert ihre tiefste Bindung an Familie und Freunde.

Die engen, klaustrophobischen Räume charakterisieren den Lebensbereich in **Kessin.** Das dunkle, unheimliche, schmucklose, katenähnliche Haus erschreckt Effi und es vergegenwärtigt ihr die Enge ihres Lebens auf drastische Weise. Es ist quasi der Kontrapunkt zu dem bisher gelebten freien und sorglosen Leben. Sie wird nicht heimisch, fühlt sich beengt und unglücklich. Effi kann nicht mehr atmen, sie wird zum Opfer ihrer eigenen Ängste und sie versucht, ihren Mann zu überzeugen, eine neue Wohnung zu finden. Geert aber sträubt sich dagegen, weil er um seinen guten Ruf fürchtet: Er, der Landrat, kann nicht aufgrund der Ängste seiner jungen Frau in ein anderes Haus umziehen!

Die **Wohnung in der Keithstraße in Berlin,** die Effi nach eigenem Geschmack einrichtet und ihr eine zweite Chance bietet, ihr Leben in den Griff zu bekommen, ist ein Hort der Geborgenheit, des Atmen-Könnens. Hier kann sie sich neu entfalten, sie gründet erstmals ihren eigenen Hausstand, lebt etwas unabhängiger von Innstetten und emanzipiert sich ein Stück weit.

Die **Wohnung in der Königgrätzer Straße,** die Effi nach der Trennung von Innstetten bewohnt, verdeutlicht wiederum die Beschränktheit ihrer Lebenssituation; die Schwierigkeit Effis zu atmen und zu gesunden wird in der Schilderung der kleinen Wohnung deutlich, die im scharfen Kontrast zu ihrer früheren Lebenswelt steht. Trotz der Versuche, die bescheidenen Räume apart herzurichten, ist Effi abgeschnitten von der ihr vertrauten Welt, sie ist einsam und hat keine Ansprechpartner mehr. Ihre kleine Welt beschützt sie, bringt ihr aber auch wie ein zu Lebzeiten errichtetes Mausoleum den vorzeitigen Tod. Trotzdem beginnt in dieser Einsamkeit ihre Selbstfindung, die in dem erschütternden Fazit mündet, dass es ihr vor allen „ekelt" (S. 318). Sie ist erstmals in der Lage, schonungslos über Innstetten und ihre Situation nachzudenken und Schlüsse zu ziehen.

Allein in **Hohen-Cremmen,** in der Umgebung ihrer Heimat und der Entgrenzung des Raumes bis in den Himmel gelingt es

Effi, das, was sie sich am meisten wünscht, nämlich Ruhe, Einklang mit sich selbst, zu finden und friedlich zu sterben.

Die Räume versinnbildlichen eindringlich die jeweilige Gemütsverfassung Effis und zeichnen – ebenso wie die Naturschilderungen – ein überaus differenziertes Psychogramm der Heldin.

Sieht man sich die **zeitliche Struktur** des Romans genauer an, so erkennt man, dass Fontane zwar der Chronologie des Lebens seiner Protagonistin folgt, aber nur **bestimmte Ereignisse** hervorhebt und diese **zeitdeckend,** stellenweise **zeitdehnend** präsentiert (vgl. S. 294). An sich wichtige Ereignisse wie Hochzeit, Schwangerschaft oder die Geburt eines Kindes werden quasi en passant zeitraffend erwähnt. Somit treten Ereignisse, die erst auf den zweiten Blick wichtig werden, um so deutlicher hervor: die Ankunft Effis in Kessin; ihre erste, angstvolle Nacht im Hause ohne Innstetten; der scheinbar banale Unfall Annies, der zur Entdeckung der Briefe führt. Diese Episoden werden zeitdeckend präsentiert, weil sie Effis Leben wesentlich stärker prägen als die vordergründig markanten, oben erwähnten Ereignisse.

Der auktoriale Erzähler macht **explizite Zeitangaben.** So erwähnt er z. B., dass Effi nun schon drei Jahre in der kleinen Wohnung in der Königgrätzer Straße lebe (vgl. S. 299), die Zwischenzeit wird ausgespart. Der Leser kann sich denken, wie schwer diese für Effi gewesen sein mag, wie sehr sie gelitten hat. Durch diese **Aussparungen** knüpft der Leser eigene Verbindungen, das Ungesagte hat hier mehr Wucht und hinterlässt mehr Eindruck als eine explizite Beschreibung. Besonders eindringlich ist in diesem Zusammenhang die annähernd zeitdeckende Erzählung einzelner Episoden aus den letzten Lebenstagen Effis (Spaziergänge, Gespräche mit dem Vater, Pastor, Sitzen am Fenster). So ist es dann nur konsequent, wenn der Roman in zeitdeckender Erzählung schließt mit der Wiedergabe des resignierten Resümees des alten Briest: „Das ist ein zu weites Feld."

6 Intertextualität

Dieser Begriff, der eigentlich der Postmoderne zugeordnet werden kann, passt zu *Effi Briest* insofern, als dass Fontane sich als **Rezipient von Dichtung** zeigt, die er für seine Zwecke nutzt und seiner eigenen Interpretation entsprechend leserlenkend in den Roman einbindet. Die Leser können ihre eigenen Kenntnisse dieser **literarischen Versatzstücke** mit einbringen und so eine ganz individuelle Interpretationsleistung vollbringen, da die literarischen Querverweise und Anspielungen im Roman für verschiedene Deutungen offen sind. Fontane ist also ein von den literarischen Einflüssen seiner Zeit geprägter **Intellektueller,** der mit literarischen Vorlagen umzugehen weiß und diese für seine Zwecke geschickt, quasi als eine Botschaft auf der Metaebene des Romans, zu verwenden weiß.

Im Roman spielt die Literatur eine große Rolle, nicht zuletzt deswegen, weil durch sie Dinge benannt werden können, die man sich so nicht sagen könnte. Literatur hat also eine **Alibifunktion,** sie versprachlicht geheimste Sehnsüchte oder sie deutet voraus. Poesie mit ihrer hoch enkodierten Lebensweisheit wird im Roman zum Sprachrohr des von den Protagonisten nicht mehr im Rahmen gesellschaftlicher Akzeptanz Formulierbaren.

Effi sieht in Berlin während der Verlobungszeit das *Aschenputtel,* das ihre geheimsten Fantasien widerspiegelt, wird doch für das arme Mädchen der Traum vom Glück Realität. Dass Effi im Märchenspiel Vergnügen findet und sie sich in Märchenfiguren hineinversetzt, zeigt außerdem, wie unausgereift ihr Charakter noch ist. Der Leser erhält also durch die Wahl des Stückes zusätzliche Hinweise auf Effis Naturell.

Crampas bedient sich der Gedichte von Heine, der für ihn besonders in romantischen Liebesdingen bewandert ist und mit dessen „Hilfe“ er Effi seine Gefühle mitteilen kann, ohne die Form zu verletzen. Offiziell bleibt so der literarische Diskurs gewahrt, auf der Ebene des Substrats treten hier genau die ganz individuellen Gefühle von Crampas zu Tage. Sei es das Gedicht von *Vineta,* der versunkenen Stadt im Meer, die die Sehnsüchte nach dem verlorenen Atlantis heraufbeschwört, seien es die Hinweise auf Liebesgedichte wie *Der König von Thule, Du hast Diamanten und Perlen* oder *Deine weichen Lilienfinger* (S. 158) – immer schwingt für Effi eine Aussage mit, die sie auf ihr eigenes Leben und ihre eigene Gefühlswelt übertragen kann.

Schon am Polterabend wird das *Käthchen von Heilbronn* von Heinrich von Kleist aufgeführt (vgl. S. 29 f.). Hier geht es um die absolute Unterordnung der Frau unter die Herrschaft ihres Mannes – genau das, was Innstetten von Effi erwartet. Ebenso wird auch die *Geschichte von Don Pedro und dem Calatravaritter,* der die Königin heimlich liebt und dessen Hund Rollo (!) seine Enthauptung ans Licht bringt, sinnbildlich für das Schicksal der Effi Briest (vgl. S. 163). Der tragische Ausgang der Romanhandlung ist damit gleichnishaft vorweggenommen. Der Erzähler platziert **Anspielungen und Vorausdeutungen** in Form von Titeln wie *Ein Schritt vom Wege* (S. 167) – das Stück Ernst Wickerts (1872), das Crampas zu Weihnachten inszeniert – oder *Die Gottesmauer* (S. 186) – das Gedicht, dessen Inhalt für Effi existenziell wichtig werden soll, schützt sie doch keine übernatürliche Macht vor den Anfeindungen des Lebens. Hier wird die eigentliche Romanhandlung widergespiegelt bzw. künftiges Geschehen antizipiert.

Literatur in der Literatur, die Rezeption von uns heute mehr oder minder bekannten Werken in der *Effi Briest:* Fontane deutet mit den seinen Zeitgenossen bekannten Titeln und dem Repertoire einer gediegenen bürgerlich-kulturellen Allgemeinbildung eine Tiefendimension seiner Figuren an, die von den gebildeten Lesern somit viel weiter ausgeschöpft werden kann. Denn zieht man die erwähnten Dichtungen zum fiktiven Geschehen hinzu, zeichnen sich die emotionalen Dimensionen der Briest-Katastrophe um so deutlicher ab.

7 „Effi Briest" als Gesellschaftsroman

In Fontanes Zeit- und Gesellschaftsromanen, wofür *Effi Briest* ein Beispiel liefert, werden neben der Frage bezüglich des „Gesellschafts-Etwas" (vgl. *Interpretationshilfe,* S. 80 ff.) mehr oder minder unverblümte humoristische, aber auch durchaus kritische Sticheleien im Hinblick auf die Gesellschaft und vor allem auf den Adel erkennbar. Nicht aufsässig oder gar revolutionär, nein, ironisch und überzeichnet werden im Roman Figuren vorgestellt, die plastisch und lebendig den Zeitgeist repräsentieren und die kleinen Schwächen und Selbstverliebtheiten des pommerschen und märkischen Adels karikieren.

Der alte Briest, Sprachrohr und liebenswertes Individuum dieser für den modernen Leser fremden Welt, hat selbst einen – wenn auch auf den ersten Blick nicht sehr offenkundigen – Adelstick. Er wähnt seinen Stammbaum älter als den der Innstettens und will es nicht über die Lippen bringen, Innstetten, und sei es nur im Spiel, als „Hoher Herr" anzureden (vgl. S. 29).

Auch **Luise,** Effis Mutter, ist standesbewusst und hat deshalb den gesellschaftlich etablierten Briest dem jungen Innstetten vorgezogen, der damals noch keine Karriere gemacht hatte. Luises Haltung, ihr Hang zur Etikette wird immer wieder als für eine Adlige ihrer Zeit repräsentativ und typisch herausgestrichen, wobei ihre veräußerlichte Art durchaus kritisch gesehen wird.

Effi selbst denkt „ständisch". Zu ihrer Freundin Hertha sagt sie in Bezug auf die Partnerwahl: „Jeder ist der Richtige. Natürlich muss er von Adel sein und eine Stellung haben und gut aussehen." (S. 22) Als Baronin von Innstetten ist sie gesellschaftlich eine ernst zu nehmende Größe, worauf sie sich etwas einbildet. Trotzdem könnte sie sich vorstellen, dass Annie später einen Bankier heiratet, der allerdings reich sein müsste. Da die Namen Briest und Innstetten durch Annie nicht mehr weitergegeben werden, wäre das ein kleiner, aber feiner Trost (vgl. S. 257 f.).

Die Mitglieder der **adligen Kessiner Gesellschaft** werden – stellenweise in fast satirischer Weise – als patriotisch, traditionell, allem Neuen gegenüber skeptisch und insgesamt recht borniert dargestellt. Beispielhaft ist hier die Figur der Sidonie von Grasenabb, die als eifersüchtige ältliche Jungfer Effi mit ihren Gehässigkeiten verfolgt. Die Kessiner (Ausnahme: Gieshübler) können Effi nicht als eine der Ihren akzeptieren, weil sie aufgrund ihrer höchst konservativen Wertorientierung und Weltsicht Effis natürliches Wesen ablehnen.

Ausnahmen bezüglich eines möglichen gesellschaftlichen Ausbruchs oder einer nonkonformistischen Lebensführung gelten nur für die **Künstlerexistenzen.** Exemplarisch sei hier die **Tripelli** genannt, die unkonventionell und mit eher herb-männlicher Ausstrahlung und passendem Äußeren ihre Besonderheit kultiviert (vgl. S. 93 f., 99 f., 103 ff.). Marietta Tripelli, die Tochter von Pastor Trippel, kann zunächst auf einen gediegenen „geistlichen" und somit gutbürgerlichen Hintergrund zurückgreifen. Sie hat sich ehrenwert (mittels einer Gesangsausbildung) aus ihrer Schicht herausentwickelt zu einem renommierten Opernstar, der jedoch von einer Stadt zur anderen tingelt und ohne feste Heimat oder Liebesbindung bleibt. Für die etablierte Kessiner Gesellschaft aber ist sie somit Gegenstand von Klatsch und Gehässigkeiten, obgleich sie auch bewundert wird.

Für Effi hingegen ist die Tripelli eine Erscheinung wie aus einer anderen Welt, eine Art Vorbild. Dieses kann aber nur in der ästhetischen Form der künstlerischen Existenz, die hier durchaus bürgerliche Wurzeln hat, wahrgenommen werden. Da Effi das Aparte, das Außergewöhnliche liebt und es zu erkennen weiß, sieht sie durchaus die Exzeptionalität dieser Lebensform. Für die normalen, nicht künstlerisch begabten Menschen gibt es keine Auswege, keine Möglichkeit des Überschreitens der engmaschigen gesellschaftlichen Normen. Und dies muss Effi trotz ihrer persönlichen Außergewöhnlichkeit bitter erfahren und büßen.

8 Fontanes Frauenbild und die Frau im 19. Jahrhundert

Fontanes Romanhelden sind – mit der liebenswürdigen Ausnahme des alten Dubslav von Stechlin – meist Frauen. Durch sie konnte der Künstler sensibel und wirkungsvoll **gesellschaftskritische Sichtweisen** transportieren, gerade weil die Frauen damals noch immer als das schwache Geschlecht galten und den Männern untergeordnet waren.

Erzogen wurden die Mädchen des Adels und des politisch gelähmten Bürgertums ganz im Sinne ihrer Aufgaben als Ehefrauen und Mütter. Sie lernten Sprachen, bevorzugt Französisch und Englisch, sie betätigten sich im Wirtschaftswesen (Hauswirtschaft, Handarbeiten, Kochen) und wurden in Adelskreisen auf Repräsentationspflichten vorbereitet. Sie erlernten die Kunst des sozialen Smalltalks, sie lernten, Gäste bei Laune zu halten und über gefällige Nichtigkeiten wie die Speisenfolge zu parlieren. Oft krönte die Hausherrin den Abend mit einer Klavierdarbietung oder einer Kostprobe ihrer Sangeskunst.

Else von Ardenne, die „Vorlage“ der fiktiven Effi, gehörte zu einer privilegierten und selbstbewussten Schicht von Frauen, die dieses Klischee sprengten, die sich nicht mehr unterordnen und fremdbestimmen lassen wollten. Effi greift diesen **emanzipatorischen Zug** auf, indem sie sich (Liebes-)Dinge gestattet, die andere Frauen nicht einmal zu träumen gewagt hätten.

Es gab in Deutschland, gerade in der dem Realismus zeitlich um einiges vorangegangenen Romantik, eine Reihe von einflussreichen, intellektuellen Frauen wie Rahel Varnhagen von Ense, Caroline und Dorothea Schlegel, Bettina von Arnim, geb. Brentano, oder Sophie Mereau – um nur einige zu nennen –, die hoch geschätzt und künstlerisch sowie gesellschaftskritisch tätig ihren Platz in einer Männergesellschaft verteidigten. Aber diese Frauen bildeten – jedenfalls in Deutschland – die Ausnahme, wie im Roman die Sängerin Tripelli.

Universitäten waren den Mädchen und Frauen verschlossen, allenfalls konnten sie an Realgymnasien ihr Abitur machen und sich zu Sprach- oder Musiklehrerinnen ausbilden lassen, wobei diese Laufbahn eher den bürgerlichen Mädchen entsprach, die durch gute Heiraten nicht abgesichert werden konnten.

Adlige Damen wurden standesgemäß verheiratet und verkehrten strikt untereinander. Sie mussten sich schon früh in Fragen der Etikette klug machen, sich angemessen bewegen, kleiden und die guten Sitten repräsentieren. Hauslehrer wurden engagiert, die mit strengster Disziplin die Vorstellungen der adligen Erziehung in die Tat umsetzten. Höchst erstrebenswert war daneben auch das Mehren von Besitz und Titeln, denn nur so konnte man gesellschaftlich Einfluss nehmen und Ansehen erreichen. Hier sei auf die großen Gesellschaftsromane der Engländer hingewiesen, so auf William M. Thackeray's *Vanity Fair* (1848), den Fontane gekannt und als Vorbild benutzt hatte.

Vor diesem Hintergrund nun stelle man sich *Effi Briest* vor. Das veräußerlichte Dasein eines adligen Landfräuleins, das – naiv und weltfremd erzogen – in kürzester Zeit „die Mama" mittels einer guten Heirat gesellschaftlich überholen sollte, wird von Fontane eindringlich geschildert. Für Effi, die nichts gelernt hat und sich nach der Trennung von Innstetten nur als Klavierlehrerin durchschlagen könnte, ist die Ehe die einzige Möglichkeit einer lebenslangen Versorgung. Solange sich Effi normkonform verhält, geht alles gut. Als sie aber ihrer eigenen Natur folgen will – heute würde man von **Selbstverwirklichung** sprechen –, begeht sie einen schweren Fauxpas und verletzt das rigide Normensystem ihrer gesellschaftlichen Herkunft. Die Ahndung des an sich banalen Vergehens ihrer Liebelei mit Crampas zeigt Fontane in beispielhafter Brutalität. Effi wird verstoßen, nicht nur vom Ehemann, sondern auch von den Eltern. Die Tochter aus gutem Hause wird zum Outcast (von der Gesellschaft ausgestoßene Person), zur persona non grata (unerwünschte Person).

Hier lassen sich **Fontanes gesellschaftskritische Ansätze** aufzeigen, die am Beispiel der Effi Briest die Rigidität des Wilhelminischen Zeitalters in Bezug auf das Fehlverhalten eines Einzelwesens vorführen. Einmal „aus der Rolle gefallen“, gibt es keine Rehabilitation mehr. Der Mann hatte das Recht, die Frau zu verstoßen – Effis Tochter wird gesagt, dass die Mutter tot sei. Mit wie viel Demut muss Effi im Roman bei der Ministerin vorsprechen, um Annie wenigstens einmal sehen zu dürfen! Die Damen, die Schande über ihre Familien gebracht hatten, mussten sich in den Schoß der Kirche, also ins Kloster oder in eine kirchliche Einrichtung, zurückziehen und möglichst mit karitativer Arbeit ihren Fehltritt bereuen. Effis reale Bezugsgröße Else von Plotho starb in einem Stift für adlige Damen.

Effi hatte Glück, dass in ihrem Fall die Humanität des Vaters siegte und ihr mit dem Telegramm („Effi komm.“, S. 321) der Eintritt in die häusliche Normalität gestattet wurde – allerdings auf Kosten der gesellschaftlichen Bande, die die Eltern dafür lösen mussten: Isolation statt Integration.

Eine andere Möglichkeit des Entrinnens war, wie von Innstetten angesprochen, zu den „pechschwarzen Kerlen“ (S. 333), also außer Landes zu gehen und irgendwo neu zu beginnen. Amerika, Afrika oder Australien waren solche Ziele. Eine Zweitehe wurde gesellschaftlich eher bei Männern als bei Frauen akzeptiert, weil sich für eine Dame eine moralische Verfehlung einfach nicht gehörte.

Diese **gesellschaftliche Doppelmoral** wird am Beispiel der Effi Briest aufgezeigt; trotzdem kann Fontane nur bedauern, was seiner Heldin widerfährt. Seine Kommentare beweisen seine Sympathie für die „Arme Effi“ (S. 79, 337). Eine revolutionäre Lösung ihres Konfliktes in Form eines emanzipatorischen Befreiungsschlages wird jedoch nicht in Erwägung gezogen, da Fontane zu sehr in seiner Gesellschaft verhaftet ist und sich eher als **Beobachter** versteht, **der aufzeigt, aber nicht verändert.**

9 Interpretation von Schlüsselstellen

Die Einladung bei Oberförster Ring (Kap. 19, S. 175 ff.)

Effi Briest enthält einige kleine Episoden, welche die preußisch-protestantische Gesinnung der Zeitgenossen Fontanes ironisch einfangen und die Menschen der Region trefflich und augenzwinkernd charakterisieren. Exemplarisch sei hier auf die Ring-Einladung verwiesen, die nach Weihnachten stattfindet und die Effi und Crampas auf dem Nachhauseweg durch den „Schloon" näher bringt.

Sidonie von Grasenabb, die Borkes, Güldenklees, Crampas und die Innstettens sind neben anderen Repräsentanten der Kessiner Gesellschaft beim Oberförster Ring geladen. Dieser verfügt über ein wohlhabendes Haus mit silbernen Weinkühlern, edlem Damast, repräsentativen Kunstwerken und ausgewähltem Mobiliar. „[…] alles wirkte herrschaftlich, weit über oberförsterliche Durchschnittsverhältnisse hinaus, was darin seinen Grund hatte, daß Rings Frau […] aus einem reichen Danziger Kornhändlerhause stammte." (S. 175) Dieser bürgerliche Wohlstand zählt jedoch nicht, da er erarbeitet und nicht ererbt ist. Das Blut zählt, das Adelsgeschlecht macht den Menschen aus. Trotzdem trifft man sich traditionell bei Ring, da dieser zu bewirten weiß und man sich dieser Leute eben bedient.

Diese selbst kommen auf diese Art und Weise in den für den Betrachter eher zweifelhaften Genuss, mit der guten Kessiner Gesellschaft konkurrieren zu können bzw. von dieser überhaupt wahrgenommen zu werden. Sidonie – ganz adliger Snob – kommentiert überheblich, dass die „gesellschaftlichen Ordnungen gelten" sollten; alles sei in diesem Hause „ungehörig" (S. 177). Der Neid blitzt ihr nur so aus den Augen, als sie die reich gedeckte Tafel in dem gut ausgestatteten Domizil wahrnimmt und die Familie ebenfalls recht unfreundlich (hinter deren Rücken) bekrittelt. Dabei spricht Sidonie gleichzeitig „ziemlich ausgiebig" dem englischen Roastbeef zu und fährt weiter fort, Ring und die Seinen, vornehmlich Tochter Cora, zu beleidigen.

Gehässigkeit, Missgunst und verquaste religiöse und moralische Normen haben Sidonies Wesen geprägt. Ihr tugendhaftes Bollwerk entpuppt sich jedoch als ein recht ambivalentes. Cora sei ein „unausstehliches Balg", sie „könnte jeden Augenblick Kellnerin werden. Ganz unerträglich." (S. 176) Indem sie die Familie Ring disqualifizieren möchte, disqualifiziert sich Sidonie selbst. Ihre eigene unterdrückte Sexualität findet dann ein Ventil. So nimmt sie sehr genau Crampas Blicke in Bezug auf die minderjährige Cora wahr: „Das ist so die rechte Saat! Ich frage Sie, was soll dabei herauskommen?" (S. 176)

Außer der Vorausdeutung auf die Affäre zwischen Crampas und Effi wird hier eine Situation geschildert, die zeigt, wie hochgradig neurotisch die Atmosphäre erscheint, in welcher eine zugegeben ältliche Jungfer ihre ständischen Vorurteile snobistisch hinter vorgehaltener Hand weitergibt, und wie sehr ihre eigene verdrängte Sexualität ein fast pädophiles, erotisch aufgeladenes Stimmungsbild vermittelt, setzt sich doch Cora auf Onkel Crampas' Schoß (vgl. S. 178). Sie hat rotblondes Wellenhaar, Crampas einen rotblonden Schnurrbart; sie ist vierzehn, Crampas Mitte vierzig und Effi gerade mal eben achtzehn. Das unverhältnismäßige Altersgefälle, das an sich harmlose Schoßsitzen wird zur erotischen Fantasie, die Fontane mitten hinein in die von gesellschaftlichem Dünkel geprägte Adelsgesellschaft projiziert, um die Verlogenheit und Doppelmoral zu demaskieren und dem Leser vor Augen zu führen, wie die sexuelle Anziehungskraft bestimmter Personen den Widerstand der Gesellschaft, verkörpert durch Sidonie, auf den Plan ruft. Auch die Kirche versagt: Die „Kokette" Cora (S. 176) hat auch mithilfe des Konfirmandenunterrichts nicht den rechten Pfad der Tugend gefunden.

Crampas und Cora sind „Vögel eines Gefieders" – sie sind charmant und triebhaft, sie genießen das Leben und sie haben ihr Vergnügen am Flirt. Dieses spielerische Miteinander wird sublimiert in der Andeutung der Ringparabel (S. 177), der großen Toleranzdemonstration, die alles Banal-Vulgäre der Ringschen Gesellschaft auf die ästhetisch-moralische Ebene transponiert und die Utopie der Akzeptanz des Fremden anspricht, was den Beteiligten realiter so unmöglich erscheint.

Das Anderssein von Cora und Crampas wird in dieser Passage im Kontrast zu der gesellschaftlichen Etikette umso schärfer profiliert. Natürlich verstärkt die Symbolik der Kuchenpyramide und der Ringschen Spezialität, den Champagner „en cascade" auszuschenken, den erotisierenden Unterton der Szene, zumal die Spannung ihren Höhepunkt in den „heißen Küssen" findet, mit denen Crampas wenig später Effis Hand überdeckt (vgl. S. 187).

Sexualität, Macht, Konvention – diese drei Größen werden hier in ihrer gefährlichen und zerstörerischen Mixtur angesprochen und in ihrer Brisanz eindrucksvoll am Beispiel demonstriert. Das „Gesellschafts-Etwas" wird später seinen Tribut einfordern und Effi zerstören. Die Verselbstständigung der Etikette, die Leblosigkeit des rein Regulativen, die diffuse Existenz einer kollektiven Steuerungsinstanz zerschmettern jegliche individuelle Entwicklung.

Innstettens Gespräch mit Wüllersdorf über das „Gesellschafts-Etwas" (Kap. 35, S. 269–274)

Es ist Innstetten, der prinzipientreue preußische Ministerialbeamte, der diesen Begriff in seiner flammenden Rede zur Begründung der Notwendigkeit eines Duells seinem Freund Wüllersdorf gegenüber gebraucht. Dieses „Gesellschafts-Etwas" tyrannisiert den Menschen, es fragt nicht nach Verjährung, es fordert – das Individuum hat zu gehorchen. Was ist mit diesem scheinbar monströsen Begriff gemeint?

Zunächst fallen einem die Werte und Normen ein, die, gesellschaftlich festgeschrieben, den einzelnen Bürger binden und die ihm als verbindliche Richtlinie für seine persönliche Lebensbewältigung dienen. Neben den Gesetzen bilden die kulturelle Identität eines Volkes (Sprache, kulturelles Erbe, Staatsform etc.) und eben jene ethisch-moralischen, also oft ungeschriebenen Verhaltenskodices für den Menschen einen Rahmen, innerhalb dessen er sich orientieren und in dem er sich bewähren muss, um im Einklang mit seiner Umwelt zu leben.

So, sehr vereinfacht, stellt sich für Innstetten seine Zwangslage dar: Er selbst fühlt sich sogar geneigt, Effi zu verzeihen, die Gesellschaft jedoch, oder das schon verselbstständigte Ding, dieses „Gesellschafts-Etwas“, erwartet eine andere Vorgehensweise. Innstetten und Effi sind Teil der Gesellschaft im 19. Jahrhundert, wo die ständische Zugehörigkeit noch eine Rolle spielt, wo Titel und Adelsprädikate den Einlass in die „Kreise“ gewährleisten, in denen man das Sagen hat. Hier zählen allein der gute Name und der finanzielle Rückhalt, der wiederum eine soziale Position ermöglicht, die Ansehen verspricht und das Individuum gesellschaftlich weiterbringt. Verbindliche und gepflegte Umgangsformen, vor allem aber Haltung sind die Attribute einer Person von Adel. Effi wird in jungen Jahren Baronin von Innstetten und damit Landrätin – sie gibt ihre eigene Identität auf, um die Innstettens zu übernehmen. Damit füllt sie die erwartete Rolle aus und entspricht den Konventionen ihrer Zeit. Das recht statische Frauenbild von damals lässt keine großen Spielräume zu, sich außerhalb von Ehe und Mutterschaft zu entfalten, und auch Innstetten ist in seiner Rolle als aufstrebender Landrat bzw. als Ministerialbeamter im Dienste des Kaisers fixiert.

Bricht eine Partei (hier Effi) aus dem erwarteten, starren Rollenschema aus, muss die andere Seite reagieren und das Ungleichgewicht auffangen. Dafür gibt es Regeln, die sich je nach Schwere des Vergehens anwenden lassen und die ihrerseits dem „Gesellschafts-Etwas“ Genugtuung bieten. Beispielhaft wird dies im Hinblick auf das Duellwesen, einem recht archaischen Augeum-Auge-, Zahn-um-Zahn-Vergeltungsprinzip, das – offiziell längst abgeschafft – noch voll in Kraft ist und im Rechtsdenken dieser Gesellschaft seinen festen Platz hat. Gerade in Herzensdingen, wo die Emotionen hoch schlagen, findet es noch bis ins 20. Jahrhundert hinein Anwendung.

Und hierauf zurückzugreifen sieht sich Innstetten genötigt, denn er begreift sich als ein Gesellschaftswesen, das als solches im Rahmen der ihm an die Hand gegebenen Mittel auf ein Unrecht, genauer: auf eine zutage getretene Verletzung der gesellschaftlich sanktionierten Konvention, reagieren muss, um seine Ehre zu retten. Zunächst denkt er viele Stunden darüber nach, wie er auf die vermeintliche Untreue Effis reagieren sollte. Er, der seine Frau immer noch liebt, ja zum Verzeihen geneigt sein könnte, schaltet seinen Kollegen Wüllersdorf ein, der mit ihm im Ministerium sitzt. Damit macht Innstetten die Affäre öffentlich, denn sobald ein Zweiter davon erfährt, besteht die Gefahr, dass letztlich alle davon Kenntnis haben werden. Wüllersdorf selbst sieht sich als Vertrauter, der bereit ist zu schweigen wie ein Grab – doch Innstetten malt ihm und sich ein Szenario aus, das dieses Vertrauen zu einem Alptraum werden ließe, da ständig zu befürchten sei, dass Effis Fehltritt angedeutet werde oder Innstetten selbst als gehörnter Ehemann (womöglich sogar öffentlich) leben müsse.

Innstetten weiß ganz genau, dass er sich und insbesondere Effi weh tun muss, dass er im Falle einer Duellforderung sein Leben verpfuscht oder sogar selbst ums Leben kommt. Auch weiß er um die Situation von Crampas; auch dessen Leben wird zerstört und seine Familie wird für das fatale Fehlverhalten des Ernährers büßen müssen. Die Möglichkeit, eine Ehe auf dem Papier zu führen, verwirft Innstetten im Gespräch mit Wüllersdorf: Da das Glück für ihn und seine Familie dahin sei, könne die ihm sauber erscheinende, klare Lösung des Konflikts in Form des Schlagabtauschs mit Waffen nur bevorzugt werden.

Innstetten beugt sich den Konventionen seiner Zeit; jeder andere Schritt hätte ihn vor sich selbst disqualifiziert, und damit vor seiner Vorstellung dessen, was Gesellschaft für ihn bedeutet. Er stellt sich seiner Verantwortung, ja seiner vermeintlichen Pflicht ohne Rücksicht auf Verluste.

Das Gespräch mit Wüllersdorf wird nur durch kurze verbindende Erzählerkommentare unterbrochen. Es zeigt so szenisch-dramatisch vergegenwärtigt die Spannung, die zur Entscheidung, sich zu duellieren, führt. Innstetten, der alles genau überlegt hat, versucht seine Emotionen aus dem Spiel zu lassen, obwohl ihn das Ganze sichtlich mitnimmt. Aber im abwägenden Dialog mit Wüllersdorf macht sich Innstetten klar, warum er wie geplant handeln wird und woher er seine Legitimation ziehen kann.

Das Duell wird vorbereitet und selbst Wüllersdorf, der zuhört, getreulich sekundiert und Innstetten in dieser gewiss schweren Zeit eine Stütze ist, muss dem Freund zustimmen, dass es keinen anderen Ausweg gibt.

Innstetten tut im Schutz der Öffentlichkeit, der er sich so verschrieben hat, etwas, was ihm zwar schon zur damaligen Zeit de jure verwehrt ist, de facto aber Beifall findet: Er erschießt den ehemaligen Liebhaber seiner Frau und stellt so die verlorene Ehre seiner Familie wieder her. Er muss aufgrund dieses „Kavaliersdelikts" nicht wirklich mit einer Strafe rechnen, im Gegenteil: Sein Handeln findet breiteste Zustimmung, seine Karriere wird langfristig sogar befördert.

Effi hingegen ist Opfer: Sie wird ausgestoßen, an ihr Leid, ihre Schmerzen und vor allem an ihre Gründe, weshalb sie damals so handelte, wird einfach nicht gedacht. Effis Schuld leuchtet so klar in diesem Dunkel, dass Innstetten der bedauernswerte Ehemann bleibt, dem sich die Sympathien zuwenden und der das Sorgerecht für Annie erhält. Das Schwarz-Weiß-Denken der Gesellschaft, die in ihrer Rigidität keine Ursachenforschung betreiben will oder kann, teilt die Menschen ihrem Glück oder ihrem Unglück ohne Rücksicht auf Verluste zu. Innstetten steht gesellschaftlich noch auf der Gewinnerseite, er hat wie erwartet reagiert – Effi hat nur Verluste eingefahren und muss in der Ecke leben, die ihr die Gesellschaft in der Form ihres Ehemannes und vor allem ihrer Eltern zugewiesen haben.

Alle haben sich hinter dem „Gesellschafts-Etwas“ versteckt, das es ihnen leichter macht, Effi zu bestrafen, sie zu treffen und sie als Person zu demontieren. Sie alle jedoch, die in der jungen Frau ein angepasstes Püppchen ohne eigenen Verstand sehen wollten, werden eines Besseren belehrt: Effi hat die Dimensionen der menschlichen Leidens- und Liebesfähigkeit ausgekostet wie kein anderer von ihnen und letztlich beschämt sie alle mit ihrer ergreifenden Schwäche.

Innstetten kommt sich schäbig vor, später schlägt er gegenüber Wüllersdorf vor, auszuwandern zu den „pechschwarzen Kerlen“, die keine Ahnung haben von Ehre und Moral, wo man einfach vergessen könne (vgl. S. 333). Wüllersdorf jedoch ernüchtert Innstetten, indem er ihm versichert, dass niemand aus seiner Welt, geschweige denn vor sich selbst fliehen könne. Daraufhin leidet Innstetten wie Effi weiter, denn er hat seine Liebesfähigkeit oder das, was davon im Ansatz da war, auf dem Götzenaltar einer veräußerlichten Gesellschaft mit ihrer konservativen, das Individuum erstickenden Grausamkeit geopfert. Er hat sich letztlich der Form wegen um die wahre Menschlichkeit und um sein Glück gebracht und dem gesellschaftlichen Schein sein Sein geopfert.

Festzustellen bleibt, dass Innstetten um die Fragwürdigkeit seiner Entscheidung weiß, seine eigenen Wünsche und seine Skepsis aber zurücknimmt und der Form genüge tut. Er wird somit, genau wie Effi, zu einer tragischen Gestalt, denn er hat, so moralisch und recht ihm sein Handeln vorkommen mag, seine Liebe verspielt und die wirklich zählenden Dinge im Leben dem „Gesellschafts-Etwas“ mit seiner überhöhten Vorstellung von Ehre zum Fraß vorgeworfen.

Zur Rezeption des Romans

Im 20. Jahrhundert wurde der Roman **mehrfach verfilmt,** so von Gustav Gründgens mit Marianne Hoppe als Effi (*Der Schritt vom Wege,* 1939), von Rudolf Jugert mit Ruth Leuwerik als Effi (*Rosen im Herbst,* 1955) und von Rainer Werner Fassbinder mit Hanna Schygulla in der Hauptrolle 1974. Kongenial montiert Fassbinder Fontane-Zitate in seinen Schwarz-Weiß-Film hinein und lässt die Akteure seltsam entrückt miteinander sprechen. Die Kälte in der Beziehung zwischen Effi und Innstetten wird spürbar. Auch gab es eine DDR-Fassung des Stoffes, den Regisseur Wolfgang Luderer mit Angelika Domröse 1970 verfilmte. Zu den Verfilmungen gibt es hinreichende Forschungen aus den 80er-Jahren, die die mediendidaktische Entwicklung nachhaltig beeinflusst haben.

In **Christine Brückners** *Wenn du geredet hättest, Desdemona. Ungehaltene Reden ungehaltener Frauen* (1996) spricht Effi zum tauben Hund Rollo. Aus der Ich-Perspektive entwickelt die zurückblickende Effi ihre Ansichten über ihre Kindheit, die Eltern und vor allem über Innstetten. Sie gibt Alternativen vor, so z. B. nach Amerika auszuwandern oder eine Landwirtschaft zu beginnen, sie entschuldigt und klagt an. Leerstellen des Romans werden hier produktiv besetzt und ausgeführt, sodass ein realistischer Monolog entsteht, der eine gereifte, modernere Effi zeigt, die das erzählerisch kommentierende „Arme Effi" zu „Aber Effi" ummünzt, um so zu zeigen, dass sie gegen Konventionen verstoßen hat, dass sie nichts richtig machen konnte und selbst ihr Sterben noch als Vorwurf zu sehen war. Hier unterscheidet sich Christine Brückner entscheidend von Fontane, der seine Heldin versöhnt und mit spätem Gehorsam ausgestattet abtreten lässt.

Eine weitere großartige Rezeption erfuhr das Werk durch **Günter Grass,** der *Effi Briest* in seinem Roman *Ein weites Feld* (1995) neben anderen Werken Fontanes aufleben ließ. Bereits der Titel orientiert sich am Standardausspruch des alten Briest, den dieser immer wieder benutzt, wenn eigentlich ausführlichere Erklärungen notwendig wären. Auffallend selten wird im Roman direkt auf Effi eingegangen (viel wichtiger sind dort die autobiografischen Schriften Fontanes), dennoch ist Effi im Bewusstsein der Hauptfigur Fonty häufig präsent als nicht benannte, aber doch wirksame Größe („Arme Effi").

Auch auf der **Theaterbühne** ergreift das Schicksal der Effi die Zuschauer: **Amelie Niermeyer** aus Freiburg inszenierte die *Effi Briest* zuerst 1998 in Weimar, dann, überarbeitet und weiterentwickelt, für Freiburg. Die 36 Kapitel werden in der Inszenierung auf zwei Stunden verdichtet, wobei die einzelnen Szenen traumhaft ineinander übergehen. Niermeyers Premiere wurde umjubelt und ihre Arbeit von der Presse als gelungener Versuch gewürdigt, „den von verletzter Ehre, ehernen Prinzipien, enttäuschten Sehnsüchten, Ehebruch und Resignation handelnden Roman … mit einfühlsamer Tiefe" in Szene gesetzt zu haben (*Die Rheinpfalz,* 11. Januar 2003).

Luise von Briest (Gabriele Köstler) und ihre Tochter Effi (Janina Sachau) in der Theaterinszenierung des Fontane-Romans durch Amelie Niermeyer (Freiburg 2003). Foto: Maurice Korbel

Literaturhinweise

Verwendete Textausgabe

FONTANE, THEODOR: *Effi Briest. Roman.*
Berlin: Ullstein, 9. Auflage 2003.
(Diese preisgünstige Textausgabe wurde gewählt, da sie als Nachfolgerin des Bandes der 1974 ff. von Walter Keitel und Helmut Nürnberger herausgegebenen Fontane-Romane als philologisch zuverlässig angesehen werden kann und somit auch wissenschaftlich zitierfähig ist.)

Empfehlenswerte Sekundärliteratur

BINDOKAT, KARLA: *„Effi Briest". Erzählstoff und Erzählinhalt.* Frankfurt/Main–Wien (u. a.): Lang 1984 (Europäische Hochschulschriften, Band 540).
(Stark inhaltlich orientierte Interpretation.)

COWEN, ROY C.: *Der Poetische Realismus. Kommentar zu einer Epoche.* München: Winkler 1985 (Darin Kommentar zu *Frau Jenny Treibel* und *Effi Briest*).
(Literaturhistorische Einordnung des Romans in die Epoche des Realismus; Epochenorientierter Interpretationsansatz.)

GRAWE, CHRISTIAN: *Theodor Fontane, Effi Briest.* Frankfurt/Main–Berlin 1985.
(Für Schülerinnen und Schüler nicht ganz einfache, dennoch lesenswerte Gesamtinterpretation.)

GRAWE, CHRISTIAN: *Crampas' Lieblingsdichter Heinrich Heine und einige damit verbundene Motive in Fontanes „Effi Briest".* In: Jahrbuch der Raabe-Gesellschaft 1982, S. 148–170.

PÜTZ, PETER: *Wenn Effi läse, was Crampas empfiehlt … offene und verdeckte Zitate im Roman.* In: Text und Kritik Sonderband Theodor Fontane, 1989, S. 174–184.
(Besonders für diejenigen zu empfehlen, die sich für Intertextualität interessieren.)

SCHAFARSCHIK, WALTER (Hrsg.): *Theodor Fontane. „Effi Briest". Erläuterungen und Dokumente.* Stuttgart: Reclam 1980.
(Wichtige Detailinformationen zu – auch historischen – Hintergründen und Zusammenhängen.)

WARNKE, GISELA: *Der Spuk als ‚Drehpunkt' in Fontanes „Effi Briest". Ein Beitrag zur Strukturanalyse des Romans.* In: Literatur für Leser 1, 1978, S. 214–242.
(Gründliche Darstellung eines wichtigen Detailproblems.)

(Bitte blättern Sie um)

Bestellungen bitte direkt an: STARK Verlagsgesellschaft mbH & Co. KG
Postfach 1852 · 85318 Freising · Tel: 08161 / 179-0 · FAX: 08161 / 179-51
Internet: www.stark-verlag.de · E-Mail: info@stark-verlag.de

STARK

15-V1P